Meursault, contre-enquête

Du même auteur

La Fable du nain, récit, Dar El Gharb, 2003.
Ô Pharaon, récit, Dar El Gharb, 2005.
Raïna raïkoum, chroniques, Dar El Gharb, 2006.
Mac arabe, chroniques, Dar El Gharb, 2007.
La Préface du nègre, nouvelles, barzakh, 2008.

NOTE AU LECTEUR

L'auteur a cité, parfois en les déformant, certains passages de *L'Étranger* ; le lecteur les retrouvera entre guillemets.

ISBN : 978-9931-325-56-7.
Dépôt légal : 3840-2013.

Kamel Daoud

Meursault, contre-enquête

roman

[barzakh]

« L’heure du crime ne sonne pas
en même temps pour tous les peuples.
Ainsi s’explique la permanence de l’histoire. »

E. M. Cioran, *Syllogismes de l’amertume*

Pour Aïda
Pour Ikbel
Mes yeux ouverts

CHAPITRE I

Aujourd'hui, M'ma est encore vivante.

Elle ne dit plus rien, mais elle pourrait raconter bien des choses. Contrairement à moi, qui, à force de ressasser cette histoire, ne m'en souviens presque plus.

Je veux dire que c'est une histoire qui remonte à plus d'un demi-siècle. Elle a eu lieu et on en a beaucoup parlé. Les gens en parlent encore, mais n'évoquent qu'un seul mort – sans honte vois-tu, alors qu'il y en avait deux, de morts. Oui, deux. La raison de cette omission ? Le premier savait raconter, au point qu'il a réussi à faire oublier son crime, alors que le second était un pauvre illettré que Dieu a créé uniquement, semble-t-il, pour qu'il reçoive une balle et retourne à la poussière, un anonyme qui n'a même pas eu le temps d'avoir un prénom.

Je te le dis d'emblée : le second mort, celui qui a été assassiné, est mon frère. Il n'en reste rien. Il ne reste que moi pour parler à sa place, assis dans ce bar, à attendre des condoléances que jamais personne ne me présentera. Tu peux en rire, c'est un peu ma mission : être revendeur d'un silence de coulisses alors que la salle se vide. C'est d'ailleurs pour cette raison que j'ai appris à parler cette langue et à l'écrire ; pour parler à la place d'un mort, continuer un peu ses phrases. Le meurtrier est devenu célèbre et son histoire est trop bien écrite pour que j'aie dans l'idée de l'imiter. C'était sa langue à lui. C'est pourquoi je vais faire ce qu'on a fait dans ce pays après son indépendance : prendre une à une les pierres des anciennes maisons des colons et en faire une maison à moi, une langue à moi. Les mots du meurtrier et ses expressions sont mon *bien vacant*. Le pays est d'ailleurs jonché de mots qui n'appartiennent plus à personne et qu'on aperçoit sur les devantures des vieux magasins, dans les livres jaunis, sur des visages, ou transformés par l'étrange créole que fabrique la décolonisation.

Il y a donc bien longtemps que l'assassin est mort et trop longtemps que mon frère a cessé d'exister – sauf pour moi. Je sais, tu es impatient de poser le genre de questions que je déteste, mais je te demande de m'écouter avec attention, tu finiras par comprendre. Ce n'est pas une histoire normale. C'est une histoire prise par la fin et qui remonte vers son début. Oui, comme un banc de saumons dessiné au crayon. Comme tous les autres, tu as dû lire cette histoire telle que l'a racontée l'homme qui a tué mon frère, et qui s'en est allé le crier sur les toits du monde. Il écrit si bien que ses mots paraissent des pierres taillées par l'exactitude même. C'était quelqu'un de très sévère avec les nuances, ton héros, il les obligeait presque à être des mathématiques. D'infinis calculs à base de pierres et de minéraux. As-tu vu sa façon d'écrire ? Il semble utiliser l'art du poème pour parler d'un coup de feu ! Son monde est propre, ciselé par la clarté matinale, précis, net, tracé à coups d'arômes et d'horizons. La seule ombre comme un perroquet complaisant envers lui-même. « *Poor Meursault, where are you ?* » Répète un peu ce cri et il te paraîtra moins ridicule, je te jure. C'est pour toi que je demande ça. Moi, je connais ce livre par cœur, je peux te le réciter en entier comme le Coran. Cette histoire, c'est un cadavre qui l'a écrite, pas un écrivain. On le sait à sa façon de souffrir du soleil et de l'éblouissement des couleurs et de n'avoir un avis sur rien sinon le soleil, la mer et les pierres d'autrefois. Dès le début, on le sent à la recherche de mon frère. En vérité, il le cherche, non pas tant pour le rencontrer que pour ne jamais avoir à le faire. Ce qui me fait mal, chaque fois que j'y pense, c'est qu'il l'a tué en l'enjambant, pas en lui tirant dessus. Tu sais, son crime est d'une nonchalance majestueuse. Elle a rendu impossible, par la suite, toute tentative de présenter mon frère comme un *chahid*. Le martyr est venu trop longtemps après l'assassinat. Entre les deux temps, mon frère s'est décomposé et ton héros a composé sa musique et son livre. Et donc, par la suite, tous se sont échinés à prouver qu'il n'y avait pas eu meurtre mais seulement insolation.

Ha, ha ! Tu bois quoi ? Ici, les meilleurs alcools, on les offre après la mort, pas avant. C'est la religion, mon frère, fais vite, dans quelques années, le seul bar encore ouvert le sera au paradis, après la fin du monde.

Je vais te résumer l'histoire avant de te la raconter : un homme qui sait écrire tue un Arabe qui n'a même pas de nom ce jour-là – comme s'il l'avait laissé accroché à un clou en entrant dans le décor –, puis se met à expliquer que c'est la faute d'un Dieu qui n'existe pas et à cause de ce qu'il vient de comprendre sous le soleil et parce que le sel de la mer l'oblige à fermer les yeux. Du coup, le meurtre est un acte absolument impuni et n'est déjà pas un crime parce qu'il n'y a pas de loi entre midi et quatorze heures, entre lui et Zoudj, entre Meursault et Moussa. Et ensuite, pendant soixante-dix ans, tout le monde s'est mis de la partie pour faire disparaître à la hâte le corps de la victime, transformer les lieux du meurtre en musée immatériel et discourir sur la signification du prénom du meurtrier. Que veut dire Meursault ? « Meurt seul » ? « Meurt sot » ? « Ne meure jamais » ? Mon frère, lui, n'a eu droit à aucun mot dans cette histoire. Et là, toi, comme tous tes aînés, tu fais fausse route. L'absurde, c'est mon frère et moi qui le portons sur le dos ou dans le ventre de nos terres, pas l'autre. Comprends-moi bien, je n'exprime ni tristesse ni colère. Je ne joue même pas le deuil, seulement… seulement quoi ? Je ne sais pas. Je crois que je voudrais que justice soit faite. Cela peut paraître ridicule à mon âge… Mais je te jure que c'est vrai. J'entends par là, non la justice des tribunaux, mais celle *des équilibres*. Et puis, j'ai une autre raison : je veux m'en aller sans être poursuivi par un fantôme. Je crois que je devine pourquoi on écrit les vrais livres. Pas pour se rendre célèbre, mais pour mieux se rendre invisible, tout en réclamant à manger le vrai noyau du monde.

Bois et regarde par les fenêtres, on dirait que le pays est un aquarium. Bon, bon, c'est ta faute aussi, l'ami, ta curiosité me provoque. Cela fait des années que je t'attends et si je ne peux pas écrire mon livre, je peux au moins te le raconter, non ? Un homme qui boit rêve toujours d'un homme qui écoute. C'est la sagesse du jour à noter dans tes carnets…

C'est simple : cette histoire devrait donc être réécrite, dans la même langue, mais de droite à gauche. C'est-à-dire en commençant par le corps encore vivant, les ruelles qui l'ont mené à sa fin, le prénom de l'Arabe, jusqu'à sa rencontre avec la balle. J'ai donc appris cette langue, en partie, pour raconter cette histoire à la place de mon frère qui était l'ami du soleil. Cela te paraît invraisemblable ? Tu as tort. Je devais trouver cette réponse que personne n'a jamais voulu me donner au moment où il le fallait. Une langue se boit et se parle, et un jour elle vous possède ; alors, elle prend l'habitude de saisir les choses à votre place, elle s'empare de la bouche comme le fait le couple dans le baiser vorace. J'ai connu quelqu'un qui a appris à écrire en français parce qu'un jour son père illettré a reçu un télégramme que personne ne pouvait déchiffrer – c'était à l'époque de ton héros et des colons. Le télégramme resta une semaine à pourrir dans sa poche jusqu'à ce que quelqu'un le lui lise. Y était annoncée, en trois lignes, la mort de sa mère, quelque part dans le profond pays sans arbres. « J'ai appris à écrire pour mon père et pour que cela ne se reproduise jamais plus. Je n'ai jamais oublié sa colère contre lui-même et son regard qui me demandait de l'aide », m'a dit cet homme. Au fond, j'ai la même raison. Vas-y, remets-toi donc à lire, même si tout est écrit dans ma tête. Chaque soir, mon frère Moussa, alias

Zoudj, surgit du Royaume des morts et me tire la barbe en criant : « Ô mon frère Haroun, pourquoi as-tu laissé faire ça ? Je ne suis pas une génisse, bon sang, je suis ton frère ! » Vas-y, lis !

Précisons d'abord : nous étions seulement deux frères, sans sœur aux mœurs légères comme ton héros l'a suggéré dans son livre. Moussa était mon aîné, sa tête heurtait les nuages. Il était de grande taille, oui, il avait un corps maigre et noueux à cause de la faim et de la force que donne la colère. Il avait un visage anguleux, de grandes mains qui me défendaient et des yeux durs à cause de la terre perdue des ancêtres. Mais quand j'y pense, je crois qu'il nous aimait déjà comme le font les morts, c'est-à-dire avec un regard venant de l'au-delà et sans paroles inutiles. J'ai peu d'images de lui, mais je tiens à te les décrire soigneusement. Comme ce jour où il rentra tôt du marché de notre quartier, ou du port ; il y travaillait comme portefaix et homme à tout faire, portant, traînant, soulevant, suant. Ce jour-là, il me croisa en train de jouer avec un vieux pneu, alors il me prit sur ses épaules et me demanda de le tenir par les oreilles comme si sa tête avait été un volant. Je me rappelle cette joie qui me faisait toucher le ciel, tandis qu'il faisait rouler le pneu en imitant le bruit d'un moteur. Me revient son odeur. Une odeur tenace de légumes pourris et de sueur, muscles et souffle mêlés. Une autre image, celle du jour de l'Aïd. La veille, il m'avait donné une raclée pour une bêtise et nous étions maintenant gênés tous les deux. C'était jour de pardon, il était censé m'embrasser, mais moi, je ne voulais pas qu'il perde de sa fierté ou s'abaisse à me demander des excuses, même au nom de Dieu. Je me souviens aussi de son don d'immobilité sur le seuil de notre maison, face au mur des voisins, avec une cigarette et une tasse de café noir servie par ma mère.

Notre père avait disparu depuis des siècles, émietté dans les rumeurs de ceux qui disaient l'avoir croisé en France, et seul Moussa entendait sa voix et nous racontait ce qu'il lui dictait dans ses rêves. Mon frère ne l'avait revu qu'une seule fois, de si loin d'ailleurs qu'il en avait douté. Je savais, enfant, déchiffrer les jours avec rumeurs et les jours sans. Lorsque Moussa, mon frère, entendait parler de notre père, il revenait à la maison avec des gestes fébriles, un regard en feu, longues conversations chuchotées avec M'ma qui se soldaient par des disputes violentes. J'en étais exclu mais j'en comprenais l'essentiel : mon frère en voulait à M'ma pour une raison obscure, et elle se défendait de manière plus obscure encore. Journées et nuits inquiétantes, remplies de colère et je me souviens de ma panique à l'idée que Moussa nous quitte lui aussi. Mais il revenait toujours à l'aube, ivre, étrangement fier de sa révolte et comme doté d'une nouvelle force. Puis Moussa mon frère dessoûlait, comme éteint. Il se contentait de dormir et ma mère retrouvait son empire sur lui. J'ai des images dans la tête, c'est tout ce que je peux t'offrir. Une tasse de café, des mégots de cigarette, ses espadrilles, M'ma pleurant puis se reprenant très vite pour sourire à une voisine venue emprunter du thé ou des épices, passant du chagrin à la courtoisie à une vitesse qui me faisait déjà douter de sa sincérité. Tout tournait autour de Moussa, et Moussa tournait autour de notre père que je n'ai jamais connu et qui ne me légua rien d'autre que notre nom de famille. Sais-tu comment on s'appelait à cette époque ? *Ouled el-assasse*, les fils du gardien. Du veilleur, pour être plus précis. Mon père travaillait comme gardien dans une fabrique de je ne sais quoi. Une nuit, il a disparu. Et c'est tout. C'est ce qui se raconte. C'était juste après ma naissance, pendant les années 1930. C'est pourquoi je me l'imagine toujours sombre, caché dans un manteau ou une djellaba noire, recroquevillé dans un coin mal éclairé, muet et sans réponse pour moi.

Moussa était donc un dieu sobre et peu bavard, rendu géant par une barbe fournie et des bras capables de tordre le cou au soldat de n'importe quel pharaon antique. C'est te dire que le jour où on a appris sa mort et les circonstances de celle-ci, je n'ai ressenti ni douleur ni colère, mais d'abord la déception, et l'offense, comme si on m'avait insulté. Mon frère Moussa était capable d'ouvrir la mer en deux et il est mort dans l'insignifiance, tel un vulgaire figurant, sur une plage aujourd'hui disparue, tout près de flots qui auraient dû le rendre célèbre pour toujours !

Je ne l'ai presque jamais pleuré, j'ai juste arrêté de regarder le ciel comme je le faisais. D'ailleurs, plus tard, je n'ai même pas fait la guerre de Libération. Je savais qu'elle était gagnée d'avance à partir du moment où les miens étaient tués à cause de la lassitude et des insolations. Pour moi, tout a été clair dès que j'ai appris à lire et à écrire : j'avais ma mère alors que Meursault avait perdu la sienne. Il a tué alors que je savais qu'il s'agissait de son propre suicide. Mais ça, il est vrai, c'était avant que la scène ne tourne sur le moyeu et n'échange les rôles. Avant que je ne réalise à quel point nous étions, lui et moi, les compagnons d'une même cellule dans un huis clos où les corps ne sont que costumes.

Donc l'histoire de ce meurtre ne commence pas avec la fameuse phrase, « Aujourd'hui, maman est morte », mais avec ce que personne n'a jamais entendu, c'est-à-dire ce que mon frère Moussa a dit à ma mère avant de sortir ce jour-là : « Je rentrerai plus tôt que d'habitude. » C'était, je m'en souviens, une journée *sans*. Rappelle-toi mon monde et son calendrier binaire : les journées *avec* rumeurs sur mon père, les journées *sans*, consacrées à fumer, à se disputer avec M'ma et à me regarder comme un meuble qu'on doit nourrir. En réalité, je m'en rends compte, j'ai fait comme Moussa : lui avait remplacé mon père, moi, j'ai remplacé mon frère. Mais là, je te mens, comme je me suis menti à moi-même pendant longtemps. La vérité est que l'Indépendance n'a fait que pousser les uns et les autres à échanger leurs rôles. Nous, nous étions les fantômes de ce pays quand les colons en abusaient et y promenaient cloches, cyprès et cigognes. Aujourd'hui ? Eh bien c'est le contraire ! Ils y reviennent parfois, tenant la main de leurs descendants dans des voyages organisés pour pieds-noirs ou enfants de nostalgiques, essayant de retrouver qui une rue, qui une maison, qui un arbre avec un tronc gravé d'initiales. J'ai vu récemment un groupe de Français devant un bureau de tabac à l'aéroport. Tels des spectres discrets et muets, ils nous regardaient, nous les Arabes, en silence, « ni plus ni moins que si nous étions des pierres ou des arbres morts ». Pourtant, maintenant, c'est une histoire finie. C'est ce que disait leur silence.

Je tiens à ce que tu retiennes l'essentiel quand tu enquêtes sur un crime : qui est le mort ? Qui était-il ? Je veux que tu notes le nom de mon frère, car c'est celui qui a été tué en premier et que l'on tue encore. J'insiste car, sinon, il vaut mieux se séparer ici. Tu emportes ton livre, et moi le cadavre, et chacun son chemin. Quelle bien pauvre généalogie, tout de même ! Je suis le fils du gardien, *ould el-assasse*, et le frère de l'Arabe. Tu sais, ici à Oran, ils sont obsédés par les origines. *Ouled el-bled*, les vrais fils de la ville, du pays. Tout le monde veut être le fils unique de cette ville, le premier, le dernier, le plus ancien. Il y a de l'angoisse de bâtard dans cette histoire, non ? Chacun essaie de prouver qu'il a été le premier – lui, son père ou son aïeul – à avoir habité ici et que les autres sont tous des étrangers, des paysans sans terres que l'Indépendance a anoblis en vrac. Je me suis toujours demandé pourquoi ces gens-là avaient cette angoisse farfouilleuse dans les cimetières. Oui, oui, peut-être la peur ou la course à la propriété. Les premiers à avoir habité ici ? « Les rats », disent les plus sceptiques ou les derniers arrivés. C'est une ville qui a les jambes écartées en direction de la mer. Regarde un peu le port quand tu descendras vers les vieux quartiers de Sidi-el-Houari, du côté de la Calère des Espagnols, cela sent la vieille pute rendue bavarde par la nostalgie. Je descends parfois vers le jardin touffu de la promenade de Létang pour boire en solitaire et frôler les délinquants. Oui, là où il y a cette végétation étrange et dense, des ficus, des conifères, des aloès, sans oublier les palmiers ainsi que d'autres arbres profondément enfouis, proliférant aussi bien dans le ciel que sous la terre. Au-dessous, il y a un vaste labyrinthe de galeries espagnoles et turques que j'ai visitées. Elles sont généralement fermées, mais j'y ai aperçu un spectacle étonnant : les racines des arbres centenaires, vues de l'intérieur pour ainsi dire, gigantesques et tortueuses, fleurs géantes nues et comme suspendues. Va dans ce jardin. J'aime l'endroit, mais parfois j'y devine les effluves d'un sexe de femme, géant et épuisé. Cela confirme un peu ma vision lubrique, cette ville a les jambes ouvertes vers la mer, les cuisses écartées, depuis la baie jusqu'à ses hauteurs, là où se trouve ce jardin exubérant et odorant. C'est un général – le général Létang – qui l'a conçu en 1847. Moi, je dirais qui l'a *fécondé*, ha, ha ! Il faut absolument que tu y ailles, tu comprendras pourquoi les gens d'ici crèvent d'envie d'avoir des ancêtres connus. Pour échapper à l'évidence.

As-tu bien noté ? Mon frère s'appelait Moussa. Il avait un nom. « Chez nous les objets n'avaient pas de nom, on disait : les assiettes creuses, le pot qui est sur la cheminée, etc. », écrit ton héros en évoquant son enfance pauvre. Eh oui, avec le temps, les objets s'appelleront service de Quimper, grès flambé des Vosges, comme il l'expliquera doctement dans ses livres. Mais Moussa, lui, il sera l'Arabe et pour toujours. Le dernier de la liste, exclu de l'inventaire de ton Robinson. Étrange, non ? Depuis des siècles, le colon étend sa fortune en donnant des noms à ce qu'il s'approprie et en les ôtant à ce qui le gêne. S'il appelle mon frère l'Arabe, c'est pour le tuer comme on tue le temps, en se promenant sans but. Pour ta gouverne, sache que pendant des années, M'ma s'est battue pour une pension de mère de martyr après l'Indépendance. Tu penses bien qu'elle ne l'a jamais obtenue, et pourquoi s'il te plaît ? Impossible de prouver que l'Arabe était un fils – et un frère. Impossible de prouver qu'il avait existé alors qu'il avait été tué publiquement. Impossible de trouver et de confirmer un lien entre Moussa et Moussa lui-même ! Comment dire ça à l'humanité quand tu ne sais pas écrire de livres ? M'ma s'usa quelque temps, pendant les premiers mois de l'Indépendance, à essayer de réunir des signatures ou des témoins, en vain. Moussa n'avait même pas de cadavre !

Moussa, Moussa, Moussa… j'aime parfois répéter ce prénom pour qu'il ne disparaisse pas dans les alphabets. J'insiste sur ça et je veux que tu l'écrives en gros. Un homme vient d'avoir un prénom un demi-siècle après sa mort et sa naissance. J'insiste.

C'est moi qui paie l'addition ce premier soir. Et ton prénom ?

CHAPITRE II

Bonjour. Oui, le ciel est beau, on dirait un coloriage d'enfants. Ou une prière exaucée. J'ai passé une mauvaise nuit. Une nuit de colère. De cette colère qui prend à la gorge, te piétine, te harcèle en te posant la même question, te torture pour t'arracher un aveu ou un nom. Tu en sors meurtri, comme après un interrogatoire, avec, en plus, le sentiment d'avoir trahi.

Tu me demandes si je veux continuer ? Oui, bien sûr, pour une fois que j'ai l'occasion de me débarrasser de cette histoire !

Enfant, je n'ai eu droit, longtemps, qu'à un seul conte faussement merveilleux raconté le soir. Celui de Moussa le frère tué et qui, selon l'humeur de ma mère, prenait chaque fois des formes différentes. Dans ma mémoire, ces nuits sont associées aux hivers pluvieux, à la lumière du quinquet éclairant faiblement notre taudis et au murmure de M'ma. Cela n'arrivait pas souvent, c'était seulement quand on manquait de nourriture, quand il faisait trop froid ou quand M'ma se sentait peut-être encore plus veuve que d'habitude, je crois. Oh tu sais, les contes meurent et je ne me souviens pas de tout ce que la pauvre femme me racontait, mais elle savait convoquer ce qui lui restait de mémoire de ses propres parents, de sa tribu d'origine et de ce que l'on disait entre femmes. Des choses improbables et des histoires de lutte à bras-le-corps entre Moussa, géant invisible et le *gaouri*, le roumi, le Français obèse, voleur de sueur et de terre. Ainsi, Moussa mon frère était, dans nos imaginaires, mandaté pour accomplir différentes tâches : rendre une gifle reçue, venger une insulte, récupérer une terre spoliée, reprendre un salaire. Du coup, Moussa, dans la légende, avait un cheval, une épée et l'aura des revenants venus réparer l'injustice. Enfin, tu devines. Vivant, déjà, il avait sa réputation d'homme irascible et d'amateur de boxe sauvage. L'essentiel des récits de M'ma se concentrait pourtant dans la chronique du dernier jour de Moussa, premier jour de son immortalité en quelque sorte. M'ma savait détailler cette journée jusqu'à la rendre hallucinante et presque vivante. Elle me décrivait non pas un meurtre et une mort, mais une fantastique transformation, celle d'un simple jeune homme des quartiers pauvres d'Alger devenu héros invincible attendu comme un sauveur. Les versions changeaient. Parfois, Moussa avait quitté la maison un peu plus tôt, réveillé par un rêve prémonitoire ou une voix terrifiante qui avait prononcé son nom. D'autres fois, il avait répondu à l'appel d'amis, *ouled el-houmma*, jeunes désœuvrés, amateurs de jupons, de cigarettes et de balafres. Un sombre conciliabule avait suivi, qui s'était soldé par la mort de Moussa. Je ne sais plus. M'ma avait mille et un récits et la vérité m'importait peu à cet âge. Ce qui comptait surtout dans ces moments-là, c'était cette proximité presque sensuelle d'avec M'ma et une sourde réconciliation pour les heures de la nuit qui s'annonçait. Au réveil, tout reprenait sa place, ma mère dans un monde, moi dans un autre.

Que voulez-vous que je vous dise, monsieur l'enquêteur, sur un crime commis dans un livre ? Je ne sais pas ce qui, le jour de cet été funeste, s'est passé entre six heures du matin et quatorze heures, l'heure du décès. Voilà ! D'ailleurs, quand Moussa a été tué, personne n'est venu nous interroger. Il n'y a pas eu d'enquête sérieuse. J'ai de la peine à me souvenir de ce que je faisais moi-même ce jour-là. Dans la rue, le monde avait réveillé les mêmes personnages de notre quartier. Vers le bas, les fils de Taoui. Un bonhomme lourd, à la jambe gauche malade et traînante, toussoteux, grand fumeur, qui, au petit matin, avait l'habitude d'uriner contre les murs, sans aucune gêne. On le connaissait tous, parce qu'il servait d'horloge au quartier tellement ses rites étaient précis ; la cadence brisée de ses pas et sa toux étaient les premiers signes de l'arrivée du jour dans la rue. Plus haut, à droite il y avait *El-Hadj*, alias le pèlerin – il l'était par généalogie, pas parce qu'il avait visité La Mecque, car c'était son vrai prénom. Silencieux lui aussi, il semblait avoir pour vocation de frapper sa mère et de regarder les gens du quartier avec un air de défi permanent. Le Marocain habitait le premier angle de la petite ruelle adjacente et y tenait un café appelé El-Blidi. Ses fils étaient des menteurs et des chapardeurs, capables de voler tous les fruits de tous les arbres possibles. Ils avaient inventé un jeu : ils jetaient des allumettes dans les rigoles d'eaux usées longeant le trottoir et ne se lassaient pas de suivre leur course. Je me souviens aussi d'une vieille femme, Taïbia, grosse matrone sans descendance à l'humeur capricieuse ; il y avait quelque chose d'inquiétant, d'un peu vorace, dans sa manière de nous regarder, nous, progéniture d'autres femmes, et cela provoquait chez nous des rires nerveux. Nous, petite collection de poux, perdus sur le dos d'un immense animal géologique qui était la ville et ses mille ruelles.

Donc, ce jour-là, rien de particulier. Même M'ma, amatrice de présages et sensible aux esprits, ne détecta rien d'anormal. Une journée de routine, en somme, cris des femmes, linge sur les terrasses, vendeurs ambulants. Personne n'aurait pu entendre de si loin un coup de feu, tiré plus bas dans la ville, au bord de la mer. Même à l'heure du diable, quatorze heures en été – l'heure de la sieste. Rien de particulier donc, monsieur l'enquêteur. Bien sûr, plus tard, j'y ai réfléchi et, peu à peu, entre les mille versions de M'ma, les bribes de mémoire et les intuitions encore vives, je me dis qu'il devait quand même y avoir une version plus vraie que les autres. Je n'en suis pas sûr, mais dans notre maison, à cette époque, flottait comme une odeur de femelles rivales : M'ma et une autre. Quelqu'un que je n'ai jamais vu mais dont Moussa portait la trace dans la voix, les yeux et la manière qu'il avait de rejeter violemment les insinuations de M'ma. Une tension de harem si je puis dire. Comme une sourde lutte entre un parfum étranger et une odeur de cuisine trop familière. Dans le quartier, les femmes étaient toutes des « sœurs ». Un code de respect empêchait les amours intéressantes, réduisant le jeu de la séduction aux fêtes de mariages ou aux simples œillades pendant que les femmes étendaient le linge sur les terrasses. Pour les jeunes de l'âge de Moussa, je suppose que les sœurs du quartier offraient la perspective de mariages presque incestueux et sans grande passion. Or, entre notre monde et celui des roumis, en bas, dans les quartiers français, traînaient parfois des Algériennes portant des jupes et aux seins durs, des sortes de Marie-Fatma inquiètes, que nous, gamins, nous traitions de putes et lapidions avec les yeux. Fascinantes proies qui pouvaient promettre le plaisir de l'amour sans la fatalité du mariage. Ces femmes provoquaient souvent des amours violentes et des rivalités haineuses. C'est ce que raconte un peu ton écrivain. Sa version est cependant injuste, car cette femme invisible n'était pas la sœur de Moussa. Peut-être était-elle, après tout, l'une de ses passions. Je me suis toujours dit que le malentendu provenait de là : un crime philosophique attribué à ce qui, en fait, ne fut jamais rien d'autre qu'un règlement de compte ayant dégénéré. Moussa voulant sauver l'honneur de la fille en donnant une correction à ton héros, et celui-ci, pour se défendre, l'abattant froidement sur une plage. Les nôtres, dans les quartiers populaires d'Alger, avaient en effet ce sens aigu et grotesque de l'honneur. Défendre les femmes et leurs cuisses ! Je me dis qu'après avoir perdu leur terre, leurs puits et leur bétail, il ne leur restait plus que leurs femmes. Je souris, moi aussi, devant cette explication un peu féodale mais pense à ça, je t'en prie. Ce n'est pas tout à fait saugrenu. L'histoire de ton livre se résume à un dérapage à cause de deux grands vices : les femmes et l'oisiveté. Donc, je le pense vraiment parfois, il y avait bel et bien les traces d'une femme dans les derniers jours de Moussa, un parfum de jalousie. M'ma n'en parla jamais, mais dans le quartier, après le crime, j'étais souvent salué comme l'héritier d'un honneur récupéré, sans que je puisse en déchiffrer les raisons, enfant que j'étais. Je le savais pourtant ! Je le sentais. M'ma, à force de me raconter des mensonges et des histoires invraisemblables sur Moussa, a fini par provoquer mon soupçon et mis de l'ordre dans mes intuitions. Je recomposais tout. Les soûleries fréquentes de Moussa ces derniers temps, ce parfum qui flottait dans l'air, ce sourire fier qu'il avait quand il croisait ses amis, leurs conciliabules trop sérieux, presque comiques et cette façon qu'avait mon frère de jouer avec son couteau et de me montrer ses tatouages. « *Echedda fi Allah* » (« Dieu est mon soutien »). « Marche ou crève », sur son épaule droite. « Tais-toi » avec, dessiné sur son avant-bras gauche, un cœur brisé. C'est le seul livre écrit par Moussa. Plus court qu'un dernier soupir, se résumant à trois phrases sur le plus ancien papier du monde, sa propre peau. Je me souviens de ses tatouages comme d'autres de leur premier livre d'images. D'autres détails ? Oh, je ne sais plus, son bleu de chauffe, ses espadrilles, sa barbe de prophète et ses grandes mains qui essayaient de retenir le fantôme de mon père, et son histoire de femme sans nom et sans honneur. Je ne sais vraiment plus, monsieur « l'inspecteur universitaire ».

Ah ! La femme mystérieuse ! Si tant est qu'elle ait existé. J'en connais seulement le prénom ; je suppose que c'est le sien, mon frère l'avait prononcé dans son sommeil, cette nuit-là. Zoubida. La nuit d'avant sa mort. Un signe ? Peut-être. En tout cas, le jour où M'ma et moi avons quitté le quartier pour toujours – M'ma avait décidé de fuir Alger, la mer –, j'ai vu une femme, j'en suis sûr, nous fixer avec intensité. Elle portait une jupe courte, des bas de mauvais goût et était coiffée comme les stars du cinéma de l'époque, il me semble : alors qu'elle était brune, c'était évident, elle s'était teint les cheveux en blond. « Zoubida, pour toujours », ha, ha ! Peut-être que mon frère avait aussi cette phrase tatouée quelque part sur son corps, je ne sais plus. Je suis sûr que c'était elle, ce jour-là. C'est le petit matin, nous nous apprêtons à partir, M'ma et moi, elle tient à la main un petit sac de couleur rouge, elle nous fixe de loin, je vois ses lèvres et ses immenses prunelles noires qui semblent vouloir nous demander quelque chose. Je suis presque certain que c'était elle. À l'époque, je le voulais et je l'ai décidé, car cela donnait du charme à la disparition de mon frère. J'avais besoin que Moussa ait une excuse et une raison. Sans m'en rendre compte, et des années avant que je n'apprenne à lire, je refusais l'absurdité de sa mort et j'avais besoin d'une histoire pour lui donner un linceul. Bon. J'ai tiré M'ma par son haïk, elle ne l'a pas vue. Mais elle a sûrement senti quelque chose, car son visage est devenu hideux et elle a proféré une insulte d'une vulgarité inouïe. Je me suis retourné, la femme avait disparu. Et nous sommes partis. Je me souviens de la route vers Hadjout, bordée de récoltes qui ne nous étaient pas destinées, du soleil nu, des voyageurs dans le car poussiéreux. L'odeur de mazout me donnait la nausée, mais j'en avais aimé le vrombissement viril et presque réconfortant, comme une sorte de père qui nous arrachait, ma mère et moi, à un immense labyrinthe, fait d'immeubles, de gens écrasés, de bidonvilles, de gamins sales, de policiers hargneux et de plages mortelles pour les Arabes. Pour nous deux, la ville resterait toujours le lieu du crime ou de la perte de quelque chose de pur et d'ancien. Oui, Alger, dans ma mémoire, est une créature sale, corrompue, voleuse d'hommes, traîtresse et sombre.

Pourquoi est-ce que, aujourd'hui, je me retrouve encore une fois échoué dans une ville, ici, à Oran ? Bonne question. Peut-être pour me punir. Regarde un peu autour de toi, ici, à Oran ou ailleurs, on dirait que les gens en veulent à la ville et qu'ils y viennent pour saccager une sorte de pays étranger. La ville est un butin, les gens la considèrent comme une vieille catin, on l'insulte, on la maltraite, on lui jette des ordures à la gueule et on la compare sans cesse à la bourgade saine et pure qu'elle était autrefois, mais on ne peut plus la quitter, car c'est la seule issue vers la mer et l'endroit le plus éloigné du désert. Note cette phrase, elle est belle, je crois, ha, ha ! Il y a une vieille chanson qui traîne ici et qui raconte que « la bière est arabe et le whisky occidental ». C'est faux, bien sûr. Moi, je la corrige souvent quand je suis seul : cette chanson est oranaise, la bière arabe, le whisky européen, les barmans sont kabyles, les rues françaises, les vieux portiques espagnols… c'est sans fin. Je vis ici depuis quelques dizaines d'années et je m'y sens bien.

La mer est en bas, lointaine, écrasée au pied des gros blocs du port. Elle ne me volera personne et ne pourra jamais m'atteindre.

Je suis content, vois-tu. Cela fait des années que je n'ai pas prononcé sérieusement le nom de mon frère, sauf dans ma tête ou dans ce bar. Les gens dans ce pays ont l'habitude d'appeler tous les inconnus « Mohammed », moi je donne à tous le prénom de « Moussa ». C'est aussi le prénom du serveur ici, tu peux le nommer ainsi, cela le fera sourire. C'est important de donner un nom à un mort, autant qu'à un nouveau-né. C'est important, oui. Mon frère s'appelait Moussa. Le dernier jour de sa vie, j'avais sept ans et donc je n'en sais pas plus que ce que je t'ai raconté. Je me souviens à peine du nom de notre rue à Alger, et seulement du quartier de Bab-el-Oued, de son marché et de son cimetière. Le reste a disparu. Alger me fait encore peur. Elle n'a rien à me dire et ne se souvient ni de moi ni de ma famille. Figure-toi qu'un été, c'était en 1963 je crois, juste après l'Indépendance, je suis revenu à Alger, résolu à mener ma propre enquête. Mais, penaud, j'ai fait demi-tour à la gare. Il faisait chaud, je me sentais ridicule dans mon costume de ville et tout allait trop vite, comme un vertige, pour mes sens de villageois habitué au cycle lent des récoltes et des arbres. J'ai immédiatement fait demi-tour. La raison ? Évidente mon jeune ami. Je me suis dit que si je retrouvais notre ancienne maison, la mort finirait par nous retrouver, M'ma et moi. Et avec elle, la mer et l'injustice. C'est pompeux et cela sonne comme une réplique préparée depuis longtemps, mais c'est aussi la vérité.

Voyons, que j'essaie de me souvenir précisément… Comment a-t-on appris la mort de Moussa ? Je me souviens d'une sorte de nuage invisible planant sur notre rue et d'adultes en colère, parlant à voix haute et gesticulant. M'ma me raconta d'abord qu'un gaouri avait tué l'un des fils du voisin qui essayait de défendre une femme arabe et son honneur. C'est dans la nuit que l'inquiétude pénétra dans notre maison et M'ma commença peu à peu à comprendre, je crois. Moi aussi sans doute. Et puis soudain, j'ai entendu un long gémissement qui enfla, devint immense. Un cri qui détruisit nos meubles, fit exploser nos murs, puis tout le quartier, et me laissa seul. Je me souviens que je me suis mis à pleurer, sans raison, seulement parce que tout le monde me regardait. M'ma a disparu et je me suis retrouvé bousculé dehors, rejeté par quelque chose de plus important que moi, confondu dans une sorte de désastre collectif. Curieux non ? Je me suis dit, confusément, qu'il s'agissait peut-être de mon père, qu'il était bel et bien mort cette fois et mes sanglots redoublèrent. La nuit fut longue, personne ne dormit. Les gens n'en finissaient pas de venir présenter leurs condoléances. Les adultes me parlaient avec gravité. Quand je ne pouvais pas comprendre ce qu'ils me disaient, je me contentais de regarder leurs prunelles dures, leurs mains qui s'agitaient et leurs chaussures de pauvres. À l'aube, j'ai eu très faim et j'ai fini par m'endormir je ne sais où. J'ai beau fouiller dans ma mémoire, de ce jour-là, du lendemain, je ne garde plus aucun souvenir, sinon celui de l'odeur du couscous. Ce fut une sorte d'immense journée, grande et ample comme une vallée profonde où j'ai déambulé avec d'autres gamins graves me témoignant le respect dû à mon nouveau statut de « frère de héros ». Puis rien. Le dernier jour de la vie d'un homme n'existe pas. Hors des livres qui racontent, point de salut, que des bulles de savon qui éclatent. C'est ce qui prouve le mieux notre condition absurde, cher ami : personne n'a droit à un dernier jour, mais seulement à une interruption accidentelle de la vie.

Je rentre. Et toi ?

*

Oui, le serveur s'appelle Moussa – dans ma tête en tout cas. Et cet autre, là-bas, au fond, je l'ai, lui aussi, baptisé Moussa. Mais il a une tout autre histoire, lui. Il est plus âgé, moitié veuf ou moitié marié sûrement. Regarde sa peau, on dirait un parchemin. C'est un ancien inspecteur de l'Éducation pour l'enseignement de la langue française. Je le connais. Je n'aime pas le regarder dans les yeux car il va en profiter pour entrer dans ma tête, s'y installer et jacasser à ma place en me racontant sa vie. Je tiens à distance les gens tristes. Les deux autres derrière moi ? Même profil. Les bars encore ouverts dans ce pays sont des aquariums où nagent des poissons alourdis raclant les fonds. On vient ici quand on veut échapper à son âge, son dieu ou sa femme, je crois, mais dans le désordre. Bon, je pense que tu connais un peu ce genre d'endroit. Sauf qu'on ferme tous les bars du pays depuis peu et qu'on se retrouve tous comme des rats piégés sautant d'un bateau qui coule à un autre. Et quand on aura atteint le dernier bar, il faudra jouer des coudes, on sera nombreux, vieux. Un vrai Jugement dernier que ce moment. Je t'y invite, c'est pour bientôt. Tu sais comment s'appelle ce bar pour les intimes ? « Le Titanic ». Mais sur l'enseigne est inscrit le nom d'une montagne : Djebel Zendel. Va savoir.

Non, je ne veux pas parler de mon frère aujourd'hui. On va juste regarder tous les autres Moussa de ce bouge, un par un, et imaginer, comme je le fais souvent, comment ils auraient survécu à une balle tirée sous le soleil ou comment ils ont fait pour ne jamais croiser ton écrivain ou, enfin, comment ils ont fait pour ne pas être encore morts. Ils sont des milliers, crois-moi. À traîner la patte depuis l'Indépendance. À déambuler sur des plages, à enterrer des mères mortes et à regarder dehors pendant des heures depuis leur balcon. Putain ! Ce bar me rappelle parfois l'asile de la mère de ton Meursault : même silence, même vieillissement discret et mêmes rites de fin de vie. J'ai commencé à boire un peu tôt et avec une bonne excuse : mes crises de reflux gastriques, c'est la nuit qu'elles me prennent… Tu as un frère ? Non. Bon.

Oui, j'aime cette ville, même si j'adore en dire tout le mal que je n'arrive pas à dire sur les femmes. C'est d'ailleurs ici qu'a échoué ton héros quand il a voulu passer du crime au génocide. Dans l'un de ses livres, il parle de cette ville, Oran, comme d'une gare. Il mentionne à peine un quartier ou deux, pas de Moussa, pas de soleil, juste de la métaphysique. Si tu sors du bar, prends sur la gauche, sous les arcades. C'est là que ton héros, malade et sans le sou, est venu habiter quelques mois il me semble, ou peut-être moins. Tu vérifieras dans tes livres, tu dois avoir tout noté. D'ailleurs je me demande qui t'envoie et comment tu m'as retrouvé. C'est à peine croyable, tu sais, pendant des années personne ne nous a crus, M'ma et moi. On a fini, tous deux, par enterrer Moussa, réellement. Oui, oui, je t'expliquerai.

Ah, le revoilà… Non, ne te retourne pas, je l'appelle « le fantôme de la bouteille ». Il vient presque tous les jours ici. Autant de fois que moi. On se salue sans jamais s'adresser la parole. Je t'en reparlerai.

CHAPITRE III

Aujourd'hui, ma mère est tellement vieille qu'elle ressemble à sa propre mère, ou peut-être à son arrière-grand-mère ou même à son arrière-arrière-grand-mère. À partir d'un certain âge, la vieillesse nous donne les traits de tous nos ancêtres réunis, dans la molle bousculade des réincarnations. Et c'est peut-être ça, finalement, l'au-delà, un couloir sans fin où s'alignent tous les ancêtres, l'un derrière l'autre. Ils attendent simplement, tournés vers celui qui vit, sans mots, sans mouvements, le regard patient, les yeux fixés sur une date. Elle habite ce qui est déjà une sorte d'asile, c'est-à-dire dans sa petite maison sombre, avec son petit corps ramassé comme un dernier bagage à main. Souvent, ce rapetissement de la vieillesse m'apparaît comme invraisemblable, comparé à la longue histoire de toute une vie. Une assemblée d'ancêtres donc, condensée en un seul visage, assise en cercle, face à moi, comme pour me juger ou me demander si j'ai enfin trouvé une femme. Je ne connais pas l'âge de ma mère, tout comme elle ignore le mien. Avant l'Indépendance, on fonctionnait sans date exacte, la vie était scandée par les accouchements, les épidémies, les périodes de disette, etc. Ma grand-mère est morte du typhus, cet épisode a suffi à fabriquer un calendrier. Mon père est parti un

1er décembre, je crois, et depuis, c'est une référence pour indiquer la température du cœur, si j'ose dire, ou les débuts des grands froids.

Tu veux la vérité ? Je vais rarement voir ma mère aujourd'hui. Elle habite une maison sous le ciel où rôdent un mort et un citronnier. Elle passe la journée à en balayer chaque recoin. Elle efface des traces. De qui, de quoi ? Eh bien, les traces de notre secret, scellé une nuit d'été, et qui m'a fait définitivement basculer dans l'âge d'homme… Sois patient, je te raconterai. M'ma vit donc dans une sorte de bourgade, Hadjout, ex-Marengo, à soixante-dix kilomètres de la capitale. C'est là que j'ai achevé la seconde moitié de mon enfance et passé une partie de ma jeunesse, avant de poursuivre mes études à Alger, et d'y apprendre un métier (à l'Inspection des domaines) que je suis revenu exercer à Hadjout, et dont la routine a puissamment nourri mes méditations. Nous avons mis, ma mère et moi, le plus de distance possible entre nous et le bruit des vagues.

Reprenons la chronologie. Nous avons quitté Alger – ce fameux jour où je suis sûr d'avoir aperçu Zoubida – pour nous rendre chez un oncle, où, à peine tolérés, nous avons habité un taudis avant d'en être chassés par ceux-là mêmes qui nous hébergeaient. Puis nous avons vécu dans une petite baraque, dans l'aire d'une ferme coloniale ; M'ma y était bonne à tout faire et moi garçon de corvées. Le patron était un Alsacien obèse qui a fini étouffé dans ses propres graisses, je crois. On disait de lui qu'il torturait les fainéants en s'asseyant sur leur poitrine. Et que dans sa gorge proéminente logeait le cadavre d'un Arabe, resté en travers de son gosier après avoir été englouti, recroquevillé dans la mort et le cartilage. De cette époque, je garde l'image d'un vieux curé qui parfois nous apportait à manger, d'un sac de jute cousu par ma mère pour m'en faire un habit, de repas de semoule les grands jours. Je ne veux pas te raconter nos misères, car à l'époque il ne s'agissait que de faim, pas d'injustice. Le soir, on jouait aux billes, et le lendemain, si l'un des enfants ne venait pas, cela voulait dire qu'il était mort – et on continuait de jouer. C'était l'époque des épidémies et des famines. La vie dans les campagnes était dure, révélant ce que les villes cachaient, à savoir que ce pays crevait de faim. Je craignais, surtout la nuit, les pas sombres des hommes, ceux qui savaient que M'ma était sans protecteur. Des nuits de veille et de vigilance, collé à son flanc. J'étais bel et bien l'héritier de mon père : gardien de nuit, *ould el-assasse*.

Étrangement, nous avons gravité dans les parages de Hadjout pendant des années avant de trouver des murs solides. Au prix de combien de ruses et de quelle patience M'ma a-t-elle réussi à trouver notre maison, celle qu'elle habite toujours ? Je ne sais pas. En tout cas, elle avait flairé le bon coup et je reconnais qu'elle avait bon goût. Je t'y inviterai à son enterrement ! Elle réussit à s'y faire embaucher comme femme de ménage et attendit, moi juché sur son dos, l'Indépendance. En vérité, la maison appartenait à une famille de colons partis dans la hâte, que nous avons fini par occuper aux premiers jours de l'Indépendance. Elle est composée de trois pièces dont les murs sont couverts de papier peint ; dans la cour, un citronnier nain fixe le ciel. Il y a deux petits hangars sur le côté et un portail en bois à l'entrée. Je me souviens de la vigne pourvoyeuse d'ombre le long des murs et du piaillement strident des oiseaux. Avant, M'ma et moi logions dans un réduit attenant qui aujourd'hui sert d'épicerie à un voisin. Je n'aime pas me souvenir de cette période, tu sais. C'est comme si j'étais poussé à mendier de la compassion. À quinze ans, j'ai travaillé dans les fermes. Un jour, je me suis levé avant l'aube, le travail était rare et la ferme la plus proche se trouvait à trois kilomètres du village. Tu sais comment j'ai obtenu le travail ? Je vais te l'avouer : j'avais crevé les pneus de bicyclette d'un autre ouvrier, pour pouvoir me présenter plus tôt que lui et prendre sa place. Eh oui ! La faim. Je ne veux pas jouer la victime, mais la dizaine de mètres qui séparait notre taudis de la maison du colon nous a coûté des années de marche entravée, alourdie, comme dans un cauchemar, de boue et de sables mouvants. Il a fallu, je crois, plus de dix ans pour qu'enfin nous touchions cette maison de la main et la déclarions libérée : notre propriété ! Oui, oui, on a fait comme tout le monde, dès les premiers jours de liberté, on a fracassé la porte, pris la vaisselle et les chandeliers. Qu'est-ce qui s'est passé ? C'est une longue histoire. Je me perds un peu.

Les pièces de cette maison ont toujours été très sombres, elles sont si mal éclairées qu'elles semblent abriter une veillée funèbre. J'y vais tous les trois mois pour m'assoupir et regarder ma mère pendant une heure ou deux. Après, il ne se passe rien. Je bois un café noir, je reprends la route puis le chemin d'un bar et j'attends de nouveau.

À Hadjout, le paysage est le même qu'à l'époque où ton héros a accompagné le cercueil de sa prétendue mère. Rien ne semble avoir changé, si on excepte les nouvelles bâtisses en parpaing, les devantures de magasin et le pesant désœuvrement qui semble régner partout. Moi, nostalgique de l'Algérie française ? Non ! Tu n'as rien compris. Je voulais juste te dire qu'à l'époque, nous, les Arabes, donnions l'impression d'attendre, pas de tourner en rond comme aujourd'hui. Je connais Hadjout et ses alentours par cœur, jusqu'aux moindres cailloux de ses routes. Le village est devenu plus gros, moins ordonné. Les cyprès y ont disparu, et les collines aussi, sous la prolifération des villas inachevées. Il n'y a plus de chemins dans les champs. D'ailleurs, il n'y a plus de champs.

Je crois que c'est l'endroit d'où, vivant, l'on peut le mieux approcher le soleil sans quitter le sol. D'après mes souvenirs d'enfance du moins. Mais aujourd'hui, je ne l'aime plus, cet endroit, et j'appréhende le jour où je serai forcé d'y revenir pour enterrer M'ma – elle qui semble ne pas vouloir mourir. À son âge, disparaître n'a plus de sens. Un jour, je me suis posé une question que toi et les tiens ne vous êtes jamais posée alors qu'elle est la première clé de l'énigme. Où se trouve la tombe de la mère de ton héros ? Oui, là-bas à Hadjout, comme il l'affirme, mais où précisément ? Qui l'a un jour visitée ? Qui est remonté du livre jusque vers l'asile ? Qui a suivi de l'index l'inscription sur la pierre tombale ? Personne, me semble-t-il. Moi, j'ai cherché cette tombe, et je ne l'ai jamais trouvée. Il y en avait des tas, dans ce village, qui portaient des noms similaires, mais celle de la mère de l'assassin est restée introuvable. Oui, bien sûr, il y a une explication possible : la décolonisation chez nous s'en est même prise aux cimetières des colons et on a souvent vu nos gamins jouer au ballon avec des crânes déterrés, je sais. C'est presque devenu une tradition ici, quand les colons s'enfuient, ils nous laissent souvent trois choses : des os, des routes et des mots – ou des morts… Sauf que je n'ai jamais retrouvé la tombe de sa mère à lui. Est-ce que ton héros a menti sur ses propres origines ? Je crois que oui. Cela expliquerait son indifférence légendaire et sa froideur impossible dans un pays inondé de soleil et de figuiers. Peut-être que sa mère n'est pas celle que l'on croit. Je sais que je dis n'importe quoi, mais je te jure que mon soupçon est fondé. Ton héros parle avec tant de détails de cet enterrement qu'il semble vouloir passer du compte-rendu à la fable. On dirait une reconstruction faite main, pas une confidence. Un alibi trop parfait, pas un souvenir. Tu te rends compte de ce que cela signifierait si je pouvais prouver ce que je suis en train de te dire, si je pouvais démontrer que ton héros n'a même pas assisté à l'enterrement de sa mère ? J'ai interrogé, des années plus tard, des natifs de Hadjout et devine, personne ne se souvient de ce nom, d'une femme morte dans un asile et d'une procession de chrétiens sous le soleil. La seule mère qui prouve que cette histoire n'est pas un alibi, c'est la mienne, et elle est encore en train de balayer la cour autour du citronnier de notre maison.

Tu veux que je te divulgue mon secret – plutôt *notre* secret, à M'ma et moi ? Voilà, c'est là-bas, à Hadjout, qu'une nuit terrible, la lune m'a obligé à achever l'œuvre que ton héros avait entamée sous le soleil. À chacun l'excuse d'un astre et d'une mère. Une fosse que je creuse sans cesse. Mon dieu, comme je me sens mal ! Je te regarde et je me demande si tu es digne de confiance. Croiras-tu à cette autre version des faits, complètement inédite ? Ah, j'hésite, je ne sais pas. Non, bon, pas maintenant, on verra plus tard, un jour peut-être. Où aller quand on est déjà mort ? Je m'égare. Je crois que tu veux des faits, pas des parenthèses, non ?

Après le meurtre de Moussa, alors qu'on habitait encore Alger, ma mère transforma sa colère en un long deuil spectaculaire qui lui attira la sympathie des voisines et une sorte de légitimité qui lui permit de sortir dans la rue, de se mêler aux hommes, de travailler dans les maisons des autres, de vendre des épices, de faire le ménage, sans courir le risque de se faire juger. Sa féminité était morte et avec elle le soupçon des hommes. À cette époque, je la voyais très peu, je passais souvent ma journée à l'attendre pendant qu'elle arpentait la ville, menant son enquête sur la mort de Moussa, interrogeant ceux qui l'avaient connu, reconnu ou croisé pour la dernière fois en cette année 1942. Quelques voisines me nourrissaient et les autres enfants du quartier me témoignaient ce respect que l'on a pour les grands malades ou les gens brisés. Ce statut de « frère du mort » m'était presque agréable ; en fait, je ne commençai à en souffrir qu'à l'approche de l'âge adulte, lorsque j'appris à lire et que je compris le sort injuste réservé à mon frère, mort dans un livre.

Après sa disparition, le temps s'ordonna autrement pour moi. Je vécus une liberté absolue, laquelle dura exactement quarante jours. L'enterrement en effet n'eut lieu qu'à ce moment-là. L'imam du quartier avait dû être perturbé. On n'enterre pas souvent un disparu... Car le corps de Moussa n'a jamais été retrouvé. Ma mère, comme je l'appris peu à peu, avait cherché Moussa partout, à la morgue, au commissariat de Belcourt, elle avait frappé à toutes les portes. Peine perdue. Moussa avait disparu, mort absolument et avec une perfection incompréhensible. Dans cet endroit de sable et de sel, ils avaient été deux, lui et le tueur, deux uniquement. Du meurtrier, nous ne savions rien. Il était *el-roumi*, « l'étranger ». Des gens du quartier avaient montré à ma mère sa photo dans un journal, mais pour nous il était l'incarnation de tous les colons devenus obèses après tant de récoltes volées. On ne lui trouva rien de particulier sauf sa cigarette coincée entre les lèvres et on oublia aussitôt ses traits pour les confondre avec ceux de tous les siens. Ma mère visita bien des cimetières, harcela les anciens compagnons de mon frère, voulu parler à ton héros qui ne s'adressait plus qu'à un morceau de journal retrouvé sous son paillasson de cellule. En vain. Elle en acquit le don du bavardage et son deuil se mua en une surprenante comédie qu'elle joua à merveille, la parachevant jusqu'au chef-d'œuvre. Elle était comme veuve une seconde fois, elle fit de son drame une sorte de commerce qui imposait à ceux qui l'approchaient l'effort de la compassion, et s'inventa une collection de maladies pour réunir, à chaque migraine, toute la tribu des voisines.

Elle me désignait souvent du doigt comme si j'étais un orphelin, et me retira très vite sa tendresse pour la remplacer par les yeux plissés du soupçon et le dur regard de l'injonction. Fait curieux, j'étais traité comme un mort et mon frère Moussa comme un survivant dont on chauffait le café à la fin du jour, préparait le lit et devinait les pas, même de très loin, depuis le bas d'Alger, dans ces quartiers qui nous étaient fermés à l'époque. J'étais condamné à un rôle secondaire parce que je n'avais rien de particulier à offrir. Je me sentais à la fois coupable d'être vivant mais aussi responsable d'une vie qui n'était pas la mienne ! Gardien, *assasse*, comme mon père, veilleur d'un autre corps.

Je me souviens aussi de ce drôle d'enterrement. Énormément de gens, des discussions tard dans la nuit, nous, les enfants, attirés par les ampoules et les nombreuses bougies, et puis une tombe vide et une prière pour l'absent. Moussa avait été déclaré mort et emporté par les eaux après le délai religieux de quarante jours. On accomplit donc cet office absurde, prévu par l'islam pour les noyés, et tout le monde se dispersa, sauf ma mère et moi.

C'est le matin, j'ai encore froid sous ma couverture, je frissonne. Moussa est mort depuis des semaines. J'entends la rumeur du dehors – une bicyclette qui passe, la toux de Taoui, le vieux toussoteux, les chaises qui grincent, les rideaux de fer qu'on lève. À chaque voix correspondent, dans ma tête, une femme, un âge, un souci, une humeur, et même le type de linge qui sera étendu ce jour-là. On frappe à notre porte. Des femmes sont venues rendre visite à M'ma. Je connais le scénario par cœur : un silence, suivi de sanglots, puis quelques embrassades ; d'autres pleurs encore, puis l'une des femmes soulève le rideau qui sépare la pièce en deux, me regarde, me sourit distraitement, et s'empare du bocal de café moulu ou autre. Le tout dure jusque vers midi. Je jouis alors d'une grande liberté mais aussi d'une invisibilité légèrement agaçante. Ce n'est que dans l'après-midi, après le rituel du foulard imbibé d'eau de fleur d'oranger serré autour de la tête, après des geignements interminables et un long, très long silence, que M'ma se souvient de moi et me prend dans ses bras. Mais je sais que c'est Moussa qu'elle veut retrouver alors, pas moi. Et je laisse faire.

Ma mère devint féroce en un sens. Elle prit des habitudes étranges, comme celle de se laver très fréquemment le corps tout entier, d'aller au hammam le plus souvent possible pour en revenir étourdie et gémissante. Elle multiplia les visites au mausolée de Sidi Abderrahmane – c'était le jeudi, car le vendredi était le jour de Dieu. De ce lieu, je garde confusément le souvenir de tissus de couleur verte, d'un lustre énorme et, mêlés aux odeurs d'encens, d'étouffants parfums de femmes se lamentant, quémandant qui un mari, qui la fertilité, qui l'amour ou la vengeance. Un univers sombre et tiède où prénoms et présages étaient chuchotés. Imagine un peu cette femme : arrachée à sa tribu, offerte à un mari qui ne la connaissait pas et s'empressa de la fuir, mère d'un mort et d'un autre enfant trop silencieux pour lui donner la réplique, veuve deux fois, obligée de travailler chez les roumis pour survivre. Elle prit goût à son martyre. Je te jure que je comprends mieux ton héros quand il s'attarde plutôt sur sa mère que sur mon frère. Étrange, non ? L'ai-je aimée ? Bien sûr. Chez nous, la mère est la moitié du monde. Mais je ne lui ai jamais pardonné sa façon de me traiter. Elle semblait m'en vouloir pour une mort qu'au fond j'ai toujours refusé de subir, alors elle me punissait. Je ne sais pas, j'avais en moi de la résistance et elle le sentait confusément.

M'ma avait l'art de rendre vivants les fantômes et, inversement, d'anéantir ses proches, de les noyer sous ses monstrueux flots d'histoires inventées. Je te jure, mon ami, elle t'aurait raconté mieux que moi l'histoire de notre famille et de mon frère, elle qui ne sait pas lire. Elle mentait non par volonté de tromper, mais pour corriger le réel et atténuer l'absurde qui frappait son monde et le mien. La disparition de Moussa l'a détruite, mais, paradoxalement, cela l'a initiée à un plaisir malsain, celui d'un deuil sans fin. Pendant longtemps, il ne se passa pas une année sans que ma mère ne jure avoir retrouvé le corps de Moussa, entendu son souffle ou son pas, reconnu l'empreinte de sa chaussure. J'en éprouvais, pour longtemps, une honte impossible – plus tard, cela me poussa à apprendre une langue capable de faire barrage entre le délire de ma mère et moi. Oui, la *langue*. Celle que je lis, celle dans laquelle je m'exprime aujourd'hui et qui n'est pas la sienne. La sienne, riche, imagée, pleine de vitalité, de sursauts, d'improvisations à défaut de précision. Le chagrin de M'ma dura si longtemps qu'il lui fallut un idiome nouveau pour l'exprimer. Avec cette langue, elle parla comme un prophète, recruta des pleureuses improvisées, et ne vécut rien d'autre que ce scandale : un mari avalé par les airs, un fils par les eaux. Il me fallait apprendre une autre langue que celle-ci. Pour survivre. Et ce fut celle que je parle en ce moment. À partir de mes quinze ans présumés, date à laquelle nous nous sommes repliés vers Hadjout, je suis devenu un écolier grave et sérieux. Les livres et la langue de ton héros me donnèrent progressivement la possibilité de nommer autrement les choses et d'ordonner le monde avec mes propres mots.

Appelle Moussa pour qu'il nous resserve, va. La nuit tombe et il ne nous reste que quelques heures avant que le bar ne ferme. Le temps presse.

À Hadjout, j'ai aussi découvert les arbres et le ciel à portée de main. J'ai fini par être admis dans une école où se trouvaient quelques petits indigènes comme moi. Cela me faisait un peu oublier M'ma et sa façon inquiétante de me regarder grandir et manger, comme si elle me destinait à un sacrifice. Ce furent des années étranges. J'avais l'impression de vivre quand j'étais dans la rue, à l'école ou dans les fermes où je travaillais mais de regagner une tombe ou un ventre malade quand je rentrais à la maison. M'ma et Moussa m'attendaient, chacun à sa façon, et j'avais presque l'obligation de m'expliquer et de justifier mes heures perdues à ne pas affûter le couteau familial de la vengeance. Dans le quartier, notre bicoque était perçue comme un lieu sinistre, les autres enfants m'appelaient « le fils de la veuve ». Les gens craignaient M'ma mais la soupçonnaient d'avoir commis un crime étrange, sinon pourquoi avoir quitté la ville pour venir ici laver les assiettes des roumis ? Je me dis que nous avons dû offrir un étrange spectacle à notre arrivée à Hadjout : une mère cachant entre ses seins deux morceaux de journal soigneusement pliés, un adolescent à la tête baissée sur ses pieds nus et quelques bagages de gueux. L'assassin, lui, devait, à cette époque, gravir les dernières marches de sa gloire. On était dans les années 1950, et les Françaises, dans leurs robes courtes et fleuries, avaient des seins que mordait le soleil.

Te raconter un peu Hadjout ? Des gens qui – à part M'ma – peuplaient mon entourage ? Je me souviens de la silhouette des M'rabti, ces anciens serviteurs qui, dans les Hauts Plateaux, officiaient dans les mausolées et qui, ayant migré dans la fertile Mitidja, cueillaient le raisin ou nettoyaient les puits. Il y avait aussi les El-Mellah, tu pourrais traduire tout seul, « les hommes des sels », descendants de ces Juifs de l'ancien Maghreb obligés de conserver – dans du sel, donc – la tête de ceux qui, parmi les leurs, avaient été décapités par le sultan. D'autres témoins de mon enfance ? Je ne sais plus trop, j'ai des souvenirs décousus de disputes entre voisins, de vols de couvertures, de vêtements. L'un des fils m'rabti m'apprit comment, après avoir commis son larcin, rentrer chez soi à reculons pour que le garde champêtre ne puisse pas remonter jusqu'au coupable en suivant ses traces ! Les noms de famille étaient aussi flous et volatils que les dates de naissance à cette époque, je te l'ai déjà dit. Moi j'étais *ould el-assasse*. M'ma était l'*armala*, « la veuve » : étrange statut sans sexe, destiné à honorer un deuil éternel, davantage épouse de la mort qu'épouse d'un mort.

Oui, aujourd'hui, M'ma est encore vivante et ça me laisse complètement indifférent. Je m'en veux, je te jure, mais je ne lui pardonne pas. J'étais son objet, pas son fils. Elle ne dit plus rien. Peut-être parce qu'il ne reste plus rien à dépecer du corps de Moussa. Je me rappelle encore et encore sa reptation à l'intérieur de ma peau, sa façon de prendre la parole à ma place quand on recevait de la visite, sa force et sa méchanceté et son regard de folle quand elle cédait à la colère.

Je t'emmènerai avec moi assister à son enterrement.

*

La nuit vient de faire tourner la tête du ciel vers l'infini. C'est le dos de Dieu que tu regardes quand il n'y a plus de soleil pour t'aveugler. Silence. Je déteste ce mot, on y entend le vacarme de ses définitions multiples. Un souffle rauque traverse ma mémoire chaque fois que le monde se tait. Tu veux un autre verre ou tu veux partir ? Décide. Bois tant qu'il en est encore temps. Dans quelques années, cela sera le silence et l'eau. Tiens, revoilà le fantôme de la bouteille. C'est un homme que je croise souvent ici, il est jeune, a la quarantaine peut-être, l'air intelligent mais en rupture avec les certitudes de son époque. Oui, il vient presque toutes les nuits, comme moi. Moi, je tiens un bout du bar, et lui l'autre bout en quelque sorte, côté fenêtres. Ne te retourne pas, non, sinon il va disparaître.

CHAPITRE IV

Je te l'ai déjà dit, le corps de Moussa ne fut jamais retrouvé.

Ma mère, par conséquent, m'imposa un strict devoir de réincarnation. Elle me fit ainsi porter, dès que je fus un peu plus costaud, et même s'ils m'allaient trop grand, les habits du défunt – ses tricots de peau, ses chemises, ses chaussures –, et ce jusqu'à l'usure. Je ne devais pas m'éloigner d'elle, me promener seul, dormir dans des endroits inconnus ou, lorsque nous étions encore à Alger, m'aventurer au bord de la mer. La mer surtout. M'ma m'apprit à en craindre la trop douce aspiration – à tel point que, jusqu'à aujourd'hui, la sensation du sable se dérobant sous la plante des pieds, là où meurt la vague, reste associée pour moi au début de la noyade. M'ma, au fond, a voulu croire, et pour toujours, que c'étaient les flots qui avaient emporté le corps de son fils. Mon corps devint donc la *trace* du mort et je finis par obéir à cette injonction muette. C'est sûrement cela qui explique ma lâcheté physique, que j'ai certes compensée par une intelligence sans repos mais sans ambition à dire vrai. J'étais souvent malade. Chaque fois, elle veillait sur mon corps avec une attention frisant le péché, une sollicitude teintée d'un je-ne-sais-quoi d'incestueux. La moindre écorchure m'était reprochée comme si j'avais blessé Moussa lui-même. Et je fus donc privé des joies saines de mon âge, de l'éveil des sens et des érotismes clandestins de l'adolescence. Je devins mutique et honteux. J'évitais les hammams, les jeux collectifs, et en hiver, je portais des *kachabiyate* qui me protégeaient des regards. Je mis des années avant de me réconcilier avec mon corps, avec moi-même. D'ailleurs, le suis-je seulement aujourd'hui ? J'ai toujours gardé une raideur dans le corps due à la culpabilité d'être vivant. J'ai toujours les bras comme engourdis, un visage terne et un air sombre et triste. Comme un vrai fils de veilleur de nuit, je dors peu et mal, aujourd'hui encore – je panique à l'idée de fermer les yeux pour tomber je ne sais où sans mon prénom en guise d'ancre. M'ma m'a transmis ses peurs et Moussa son cadavre. Que veux-tu qu'un adolescent fasse, ainsi piégé entre la mère et la mort ?

Je me souviens de ces jours, rares, où j'ai accompagné ma mère dans les rues d'Alger en quête d'informations sur mon frère disparu. Elle marchait avec hâte et je la suivais, les yeux rivés sur son haïk pour ne pas me perdre. Une amusante intimité se créait ainsi, source d'une brève tendresse. Avec son langage de veuve et ses gémissements étudiés, elle récoltait les indices et mêlait de vraies informations aux lambeaux de ses rêves de la veille. Je revois encore M'ma se cramponnant au bras de l'un des amis de Moussa, traverser avec crainte les quartiers des Français car nous y étions des intrus, prononcer les noms des témoins du crime et les citer un par un avec de drôles de surnoms « Sbagnioli », « El-Bandi », etc. Elle prononçait

« Sale mano » au lieu de « Salamano », l'homme au chien dont ton héros dit qu'il a été son voisin. Elle réclamait la tête de « Rimon », alias Raymond, qui ne reparut jamais et dont je me demande s'il a jamais existé, lui qui est censé être à l'origine de la mort de mon frère et de cet imbroglio de mœurs, de putes et d'honneur. Tout comme je finis par douter de l'heure du crime, de la présence du sel dans les yeux de l'assassin, et, parfois, de l'existence même de mon frère Moussa.

Oui, nous formions un couple étrange, à arpenter ainsi la capitale ! Longtemps après, lorsque cette histoire devenue un livre célèbre quitta ce pays et nous laissa sans gloire – alors que ma mère et moi y avions offert le sacrifié –, il m'est arrivé plusieurs fois de remonter, en souvenirs seulement, le quartier de Belcourt et de simuler la même enquête, de chercher des indices en scrutant les façades et les fenêtres. Lorsque nous rentrions le soir, fatigués et bredouilles, les voisins nous lançaient de drôles de regards. Je pense que, dans notre quartier, nous devions susciter la compassion. Un jour, M'ma a fini par remonter une piste fragile : on lui avait donné une adresse. Alger était un labyrinthe effrayant lorsque nous nous aventurions hors de notre périmètre ; M'ma sut pourtant y évoluer. Elle marcha sans relâche, passant par un cimetière, un marché couvert, dépassant des cafés, une jungle de regards et de cris, des klaxons, puis enfin, elle s'arrêta net, et se mit à fixer une maison sur le trottoir qui nous faisait face. Il faisait beau ce jour-là, et j'étais à sa traîne, haletant, car elle avait marché très vite. Sur tout le chemin, je l'avais entendue marmonner des insultes et des menaces, priant Dieu et ses ancêtres, ou les ancêtres de Dieu lui-même, qui sait. Je ressentais un peu son excitation, sans trop savoir pourquoi exactement. La maison avait un étage, les fenêtres étaient closes – rien d'autre à signaler. Dans la rue, les roumis nous jetaient des regards méfiants. Nous sommes restés silencieux très longtemps. Une heure, peut-être deux, puis M'ma, sans se soucier de moi, a traversé la rue et a frappé à la porte avec détermination. Une vieille Française est venue ouvrir. Le contre-jour empêchait la dame de bien voir son interlocutrice mais, la main en visière sur son front, elle la dévisageait avec attention et je vis le malaise, l'incompréhension et enfin l'effroi s'inscrire sur son visage. Elle devint rouge, dans ses yeux était logée la peur, et elle semblait s'apprêter à hurler. Je compris alors que M'ma était en train de lui réciter la plus longue série de malédictions qu'elle ait jamais prononcée. Elle commença à s'agiter sur le palier, elle tenta de repousser M'ma. J'eus peur pour M'ma, j'eus peur pour nous. Soudain, la Française s'affaissa sur son perron, sans connaissance. Les gens s'étaient arrêtés, je distinguais leur ombre derrière moi, de petits attroupements s'étaient formés de-ci de-là, quelqu'un a lancé le mot « Police ! ». Une voix de femme a crié en arabe à M'ma de se dépêcher, de fuir, vite. C'est alors que M'ma, se retournant sur elle-même, et comme s'adressant à tous les roumis du monde, hurla : « La mer vous mangera tous ! » Ensuite, je fus happé par sa main, et nous nous mîmes à courir comme des forcenés. Une fois que nous fûmes rentrés chez nous, elle se mura dans le silence. On alla dormir sans manger. Plus tard, elle expliqua aux voisines qu'elle avait retrouvé la maison où avait grandi l'assassin et qu'elle en avait insulté la grand-mère peut-être « ou l'une de ses parentes ou, au moins, une *roumia* comme lui », ajouta-t-elle.

L'assassin habitait au 93, rue de Lyon, à Belcourt, mais je découvris, bien des années plus tard, qu'il n'avait, en quelque sorte, pas d'adresse ; en vérité, ses disciples ne savaient s'il s'agissait du 93, du 131 ou du 124. Il y avait bien une maison avec un étage vaguement affaissé au-dessus d'un café et mal protégée par quelques arbres, mais ses fenêtres étaient toujours closes à l'époque, je crois donc que M'ma a insulté une vieille Française anonyme, sans lien avec notre drame. Longtemps après l'Indépendance, un nouveau locataire en ouvrit les volets et dissipa la dernière possibilité de mystère. Tout ceci pour te dire qu'on n'a jamais pu croiser le meurtrier, le regarder dans les yeux ou comprendre ses motivations. M'ma interrogea tant et tant de monde que je finis par en avoir honte, comme si elle mendiait de l'argent et non des indices. Ces enquêtes lui servaient de rite contre la douleur et ses allées et venues dans la ville française devinrent, malgré leur incongruité, la possibilité de longues balades. Je me souviens du jour où, enfin, nous avons abouti à la mer, ce dernier témoin à interroger. Le ciel était gris et j'avais, à quelques mètres de moi, l'immense, la grande rivale de notre famille, la voleuse d'Arabes et tueuse de maraudeurs en bleu de chauffe. C'était bel et bien le dernier témoin sur la liste de M'ma. Arrivée là, elle prononça le nom de Sidi Abderrahmane et plusieurs fois le nom de Dieu, m'intima l'ordre de rester loin des flots, puis s'assit pour masser ses chevilles douloureuses. Je me tenais derrière, enfant face à l'immensité du crime et de l'horizon. Note donc cette phrase, j'y tiens. Qu'est-ce que j'ai ressenti ? Rien, sauf le vent sur ma peau – on était en automne, une saison après le meurtre. J'ai senti le sel, j'ai vu le gris dense des vagues. C'est tout. La mer, c'était comme un mur avec des bordures molles, mouvantes. Au loin, dans le ciel, il y avait de lourds nuages blancs. Je me suis mis à ramasser ce qui traînait sur le sable : coquillages, tessons et bouchons de bouteilles, algues sombres. La mer ne nous dit rien et M'ma demeura prostrée sur le rivage, comme penchée sur une tombe. Enfin, elle se redressa, regarda attentivement à droite, puis à gauche et lança d'une voix rauque : « Que Dieu te maudisse ! » Elle me prit par la main et me tira hors des sables, comme elle l'avait fait si souvent. Je la suivis.

J'eus donc une enfance de revenant. Il y eut bien sûr des moments heureux, mais importent-ils dans ces longues condoléances ? Je suppose que ce n'est pas ça qui te donne la patience de supporter mon monologue prétentieux. D'ailleurs, c'est toi qui es venu à moi – je me demande bien comment tu as pu remonter jusqu'à nous ! Tu es là parce que tu crois, comme moi autrefois, pouvoir retrouver Moussa ou son corps, identifier les lieux du meurtre et aller claironner ta découverte au monde entier. Je te comprends. Toi, tu veux retrouver un cadavre, alors que moi, je cherche à m'en débarrasser. Et pas d'un seul, crois-moi ! Mais le corps de Moussa restera un mystère. Dans le livre, pas un mot à son sujet. C'est un déni d'une violence choquante, tu ne trouves pas ? Dès que la balle est tirée, le meurtrier se détourne et se dirige vers un mystère qu'il estime plus digne d'intérêt que la vie de l'Arabe. Il continue son chemin, entre éblouissements et martyr. Mon frère *Zoudj*, lui, est discrètement retiré de la scène et entreposé je ne sais où. Ni vu ni connu, seulement tué. À croire que son corps a été caché par Dieu en personne ! Aucune trace dans les procès-verbaux des commissariats, lors du procès, dans le livre ou dans les cimetières. Rien. Parfois, je vais plus loin dans mes délires, je m'égare davantage. Peut-être est-ce moi, Caïn, qui ai tué mon frère ! J'ai tant de fois souhaité tuer Moussa après sa mort, pour me débarrasser de son cadavre, pour retrouver la tendresse perdue de M'ma, pour récupérer mon corps et mes sens, pour… Étrange histoire tout de même. C'est ton héros qui tue, c'est moi qui éprouve de la culpabilité, c'est moi qui suis condamné à l'errance…

Un dernier souvenir, celui des visites dans l'au-delà, le vendredi, au sommet de Bab-el-Oued. Je parle du cimetière d'El-Kettar, alias « Le Parfumeur », à cause d'une antique distillerie de jasmin située dans les environs. Un vendredi sur deux, nous allions rendre visite à la tombe vide de Moussa. M'ma pleurnichait, je trouvais ça déplacé et ridicule puisqu'il n'y avait rien dans ce trou. Je me souviens de la menthe qui y poussait, des arbres, des allées sinueuses, de son haïk blanc contre le ciel trop bleu. Tout le monde, dans le quartier, savait que ce trou était vide et que seule M'ma le remplissait de ses prières et d'une fausse biographie. C'est dans cet endroit que je me suis éveillé à la vie, crois-moi. C'est là que j'ai pris conscience que j'avais droit au feu de ma présence au monde – oui, que j'y avais droit ! – malgré l'absurdité de ma condition qui consistait à pousser un cadavre vers le sommet du mont avant qu'il ne dégringole à nouveau, et cela sans fin. Ces jours-là, ces jours passés au cimetière, furent mes premiers jours de prière tournée vers le monde. J'en élabore aujourd'hui de meilleures versions. J'y avais, obscurément, découvert une forme de sensualité. Comment t'expliquer ? L'angle de la lumière, le ciel vigoureusement bleu, le vent aussi m'ont éveillé à quelque chose de plus troublant que la simple satisfaction éprouvée après un besoin assouvi. Souviens-toi que j'avais un peu moins de dix ans et qu'à cet âge, je pendais encore au sein de ma mère. Ce cimetière avait pour moi l'attrait d'un terrain de jeux. Ma mère ne devina jamais que c'est là que j'ai un jour définitivement enterré Moussa en lui hurlant muettement de me laisser en paix. À El-Kettar précisément, un cimetière d'Arabes, aujourd'hui sale et habité par des fuyards et des ivrognes, où, d'après ce qu'on m'a raconté, le marbre des sépultures est volé chaque nuit. Tu veux y aller ? Ce sera peine perdue, tu n'y trouveras personne et encore moins la trace de cette tombe qui a été creusée comme le puits du prophète Youssef. Sans le corps, on ne pouvait rien prouver. M'ma n'eut droit à rien. Ni à des excuses avant l'Indépendance ni à une pension après celle-ci.

En vérité, il aurait fallu tout reprendre depuis le début et par un autre chemin, celui des livres, par exemple, d'un livre plus précisément, celui que tu prends avec toi chaque jour dans ce bar. Je l'ai lu vingt ans après sa sortie et il me bouleversa par son mensonge sublime et sa concordance magique avec ma vie. Étrange histoire, non ? Récapitulons : on a là des aveux, écrits à la première personne, signés par l'auteur du crime, sans qu'on n'ait rien d'autre pour l'inculper ; sa mère n'a jamais existé et encore moins pour lui ; Moussa est un Arabe que l'on peut remplacer par mille autres de son espèce, ou même par un corbeau ou un roseau, ou que sais-je encore ; la plage a disparu sous les traces de pas ou les constructions de béton ; il n'y a pas eu de témoin sauf un astre – le Soleil ; les plaignants étaient des illettrés qui ont changé de ville ; et enfin, le procès a été une mascarade, un vice de colons désœuvrés. Que faire d'un homme que vous rencontrez sur une île déserte et qui vous dit qu'il a tué, la veille, un Vendredi ? Rien.

Un jour, j'ai vu dans un film un homme qui escaladait de longs escaliers vers l'autel où il devait être égorgé pour calmer un Dieu quelconque. Il marchait la tête baissée, lentement, pesamment, comme épuisé, défait, soumis, mais surtout, comme dépossédé, déjà, de son corps. J'ai été frappé par son fatalisme, son hallucinante passivité. Sans doute pensait-on qu'il était vaincu, moi je savais qu'il était tout simplement ailleurs. Je le savais, à sa façon de porter, tel un fardeau, son propre corps sur son propre dos. Eh bien, comme cet homme, je ressentais la fatigue du portefaix plus que la peur du sacrifié.

*

C'est la nuit. Regarde-la, cette ville incroyable, n'est-elle pas un magnifique contrepoint ? Il faut quelque chose d'infini, d'immense, je crois, pour équilibrer notre condition d'homme. J'aime Oran la nuit, malgré la prolifération des rats et tous ces immeubles sales insalubres qu'on repeint sans cesse ; à cette heure, on dirait que les gens ont droit à quelque chose de plus que leur routine.

Viendras-tu demain ?

CHAPITRE V

J'admire ta patience de pèlerin rusé et je crois que je commence à bien t'aimer ! Pour une fois que j'ai l'occasion de parler de cette histoire... Elle a pourtant quelque chose d'une vieille putain réduite à l'hébétude par l'excès des hommes, cette histoire. Elle ressemble à un parchemin, dispersé de par le monde, essoré, rafistolé, désormais méconnaissable, dont le texte aura été ressassé jusqu'à l'infini – et tu es pourtant là, assis à mes côtés, espérant du neuf, de l'inédit. Cette histoire ne sied pas à ta quête de pureté, je te jure. Pour éclairer ton chemin, tu devrais chercher une femme, pas un mort.

On reprend le même vin que celui d'hier ? J'aime son âpreté, sa fraîcheur. L'autre jour, un producteur de vin me racontait ses misères. Impossible de trouver des ouvriers, l'activité est considérée comme *haram*. Même les banques du pays s'y mettent et refusent de lui accorder des crédits ! Ha, ha ! Je me suis toujours demandé : pourquoi ce rapport compliqué avec le vin ? Pourquoi diabolise-t-on ce breuvage quand il est censé couler à profusion au paradis ? Pourquoi est-il interdit ici-bas, et promis là-haut ? Conduite en état d'ivresse. Peut-être Dieu ne veut-il pas que l'humanité boive pendant qu'elle conduit l'univers à sa place et tient le volant des cieux... Bon, bon, j'en conviens, l'argument est un peu vaseux. J'aime divaguer, tu commences à le savoir.

Toi, tu es là pour retrouver un cadavre et écrire ton livre. Mais sache que si je connais l'histoire, et pas qu'un peu, je ne sais presque rien de sa géographie. Alger n'est qu'une ombre dans ma tête. Je n'y vais presque jamais et je la regarde à la télévision parfois, vieille actrice démodée de l'art révolutionnaire. Pas de géographie dans cette histoire donc, le tout se résume aux trois grands lieux de ce pays : la ville – celle-là ou une autre –, la montagne – où l'on se réfugie quand on est attaqué ou qu'on veut faire la guerre –, le village, l'ancêtre de tout un chacun. Tout le monde veut une femme du village et une pute de la ville. Rien que par les fenêtres de ce bar, je peux te ranger l'humanité locale selon ces trois adresses. Donc quand Moussa s'en est allé vers la montagne parler d'éternité à Dieu, M'ma et moi avons quitté la ville pour rejoindre le village. C'est tout. Rien de plus avant que je n'apprenne à lire et que le petit bout de journal, relatant le meurtre de Moussa/*Zoudj*, longtemps gardé entre les seins de M'ma, ne devienne brusquement un livre avec un nom. Songes-y, c'est l'un des livres les plus lus au monde, mon frère aurait pu être célèbre si ton auteur avait seulement daigné lui attribuer un prénom, H'med ou Kaddour ou Hammou, juste un prénom, bon sang ! M'ma aurait pu avoir une pension de veuve de martyr et moi un frère connu et reconnu au sujet duquel j'aurais pu crâner. Mais non, il ne l'a pas nommé, parce que sinon, mon frère aurait posé un problème de conscience à l'assassin : on ne tue pas un homme facilement quand il a un prénom.

Reprenons. Il faut toujours reprendre et revenir aux fondamentaux. Un Français tue un Arabe allongé sur une plage déserte. Il est quatorze heures, c'est l'été 1942. Cinq coups de feu suivis d'un procès. L'écrivain assassin est condamné à mort pour avoir mal enterré sa mère et avoir parlé d'elle avec une trop grande indifférence. Techniquement, le meurtre est dû au soleil ou à de l'oisiveté pure. Sur la demande d'un proxénète nommé Raymond et qui en veut à une pute, ton héros écrit une lettre de menace, l'histoire dégénère puis semble se résoudre par un meurtre. L'Arabe est tué parce que l'assassin croit qu'il veut venger la prostituée, ou peut-être parce qu'il ose insolemment faire la sieste. Cela te déstabilise, hein, que je résume ainsi ton livre ? C'est pourtant la vérité nue. Tout le reste n'est que fioritures, dues au génie de ton écrivain. Ensuite, personne ne s'inquiète de l'Arabe, de sa famille, de son peuple. À sa sortie de prison, l'assassin écrit un livre qui devient célèbre où il raconte comment il a tenu tête à son Dieu, à un prêtre et à l'absurde. Tu peux retourner cette histoire dans tous les sens, elle ne tient pas la route. C'est l'histoire d'un crime, mais l'Arabe n'y est même pas tué – enfin, il l'est à peine, il l'est du bout des doigts. C'est lui, le deuxième personnage le plus important, mais il n'a ni nom, ni visage, ni paroles. Tu y comprends quelque chose, toi, l'universitaire ? Cette histoire est absurde ! C'est un mensonge cousu de fil blanc. Prends un autre verre, je te l'offre. Ce n'était pas un monde, mais la fin d'un monde que ton Albert raconte dans ce livre. La propriété y est inutile, le mariage si peu nécessaire, la noce tiède, le goût fade et les gens sont comme déjà assis sur des valises, vides, sans consistance, cramponnés à des chiens malades et putrides, incapables de formuler plus de deux phrases et de prononcer plus de quatre mots à la fois. Des automates ! Oui, c'est ça, le mot m'échappait. Je me souviens de cette petite femme, une Française, que l'écrivain tueur décrit si bien et qu'il observe, un jour, dans la salle d'un restaurant. Gestes saccadés, yeux brillants, tics, angoisse de l'addition, gestes d'automates. Je me souviens aussi de l'horloge au beau milieu de Hadjout et je crois que cette pendule et cette Française sont jumelles. L'engin est tombé en panne quelques années avant l'Indépendance, il me semble.

Le mystère pour moi est devenu de plus en plus insondable. Vois-tu, j'ai, moi aussi, une mère et un meurtre sur le dos. C'est le destin. J'ai tué moi aussi, selon les vœux de cette terre, un jour où je n'avais rien à faire. Ah ! Je me suis juré tant de fois de ne plus revenir sur cette histoire, mais chacun de mes mouvements en est la mise en scène ou la convocation involontaire. J'attendais un petit curieux comme toi pour pouvoir enfin la raconter…

Dans ma tête, la carte du monde est un triangle. En haut, Bab-el-Oued, c'est la maison où est né Moussa. En bas, en longeant le balcon de la mer d'Alger, c'est Belcourt et la rue de Lyon, ce lieu sans adresse où le meurtrier n'est jamais venu au monde. Et enfin, plus bas encore, il y a la plage. La plage, bien sûr ! Elle n'existe plus aujourd'hui ou s'est lentement déplacée ailleurs. Selon des témoins, on pouvait, auparavant, apercevoir le petit cabanon de bois à son extrémité. « La maison était adossée à des rochers et les pilotis qui la soutenaient sur le devant baignaient déjà dans l'eau. » La banalité de l'endroit m'avait frappé quand j'y étais descendu avec M'ma le premier automne après le crime. Je te l'ai déjà racontée, hein, cette scène, moi avec M'ma, au bord de la mer, moi sommé de me tenir en arrière, elle, face aux vagues, leur lançant une malédiction. Cette impression, je l'ai chaque fois que je m'approche de la mer. D'abord un peu de terreur, le cœur battant, et, assez vite, une déception. Comme si l'endroit avait été tout simplement trop exigu ! Comme si on avait voulu caser de force *L'Iliade* sur un bout de trottoir, entre une épicerie et un coiffeur. Oui, le lieu du crime était en réalité affreusement décevant. L'histoire de Moussa mon frère a besoin de la terre entière, selon moi ! Depuis, je cultive d'ailleurs une folle hypothèse : Moussa n'a pas été tué sur cette fameuse plage d'Alger ! Il doit y avoir un autre lieu caché, une scène escamotée. Ce qui expliquerait tout, du coup ! Pourquoi le meurtrier a été relâché après sa condamnation à mort et même après son exécution, pourquoi mon frère n'a jamais été retrouvé, et pourquoi le procès a préféré juger un homme qui ne pleure pas la mort de sa mère plutôt qu'un homme qui a tué un Arabe.

J'ai parfois songé à aller fouiller la plage à l'heure exacte du crime. C'est-à-dire l'été, lorsque le soleil est si proche de la terre qu'il peut rendre fou ou pousser au sang, mais cela ne servirait à rien. D'autant que la mer m'incommode. J'ai définitivement peur des flots. Je n'aime pas me baigner, l'eau me dévore trop vite. « *Malou khouya, malou majache. El b'har eddah âliya rah ou ma wellache.* » J'aime cette vieille chanson d'ici. Un homme y chante son frère emporté par les mers. J'ai des images dans la tête et j'ai bu un peu trop vite, je pense. La vérité est que je l'ai déjà fait. À six reprises… Oui, j'y suis allé six fois, sur cette plage. Mais je n'ai jamais rien retrouvé, ni douilles ni traces de pas, ni témoins, ni sang séché sur le rocher. Rien. Pendant des années. Jusqu'à ce vendredi – c'était il y a une dizaine d'années. Jusqu'à ce jour où je l'ai *vu*. Sous un rocher, à quelques mètres des flots, j'ai soudain vu une silhouette qui se confondait avec l'angle obscur de l'ombre. J'avais marché longtemps sur la plage, je m'en souviens, avec le désir de m'assommer au soleil, d'être foudroyé par l'insolation ou l'évanouissement et de revivre un peu ce que ton auteur raconte. J'avais aussi beaucoup bu, je l'avoue. Le soleil était écrasant comme une accusation céleste. Il se brisait en aiguilles sur le sable et sur la mer mais sans s'épuiser jamais. À un moment, j'ai eu l'impression de savoir où j'allais, mais c'était sans doute faux. Et puis, tout au bout de la plage, j'ai aperçu une petite source qui s'écoulait sur le sable, derrière le rocher. Et j'ai vu *un homme*, en bleu de chauffe, allongé avec nonchalance. Je l'ai regardé avec peur et fascination, lui sembla à peine me voir. L'un de nous deux était un spectre insistant et l'ombre était d'une noirceur profonde, elle avait la fraîcheur d'un seuil. Puis… Puis il me sembla que la scène virait au délire amusant. Lorsque j'ai levé la main, l'ombre en fit autant. Et lorsque je me suis déplacé d'un pas, sur le côté, elle se retourna pour changer de point d'appui. Je me suis alors arrêté, le cœur affolé et j'ai pris conscience que j'avais la bouche ouverte comme un idiot et que je n'avais pas d'arme, ni de couteau. Je suais à grosses gouttes, les yeux m'en brûlaient. Personne n'était dans les parages et la mer était muette. Je savais avec certitude que c'était un reflet mais j'ignorais de qui ! J'ai poussé un gémissement et l'ombre vacilla. J'ai reculé d'un pas, l'ombre en fit de même, dans une sorte de curieuse rétraction. Je me suis retrouvé couché sur le dos, tremblant de froid, assommé par du mauvais vin. J'avais marché à reculons sur une dizaine de mètres avant de m'écrouler en pleurant. Oui je te le confirme, j'ai pleuré Moussa des années après sa mort. Tenter de reconstituer le crime sur les lieux où il a été commis menait à une impasse, à un fantôme, à la folie. Tout cela pour te dire que ce n'est pas la peine d'aller au cimetière, ni à Bab-el-Oued, ni à la plage. Tu n'y trouveras rien. J'ai déjà essayé, l'ami. Je te l'ai annoncé d'emblée, cette histoire se passe quelque part dans une tête, la mienne et la tienne et celle des gens qui te ressemblent. Dans une sorte d'au-delà.

Ne cherche pas du côté de la géographie, je te dis.

Tu saisiras mieux ma version des faits si tu acceptes l'idée que cette histoire ressemble à un récit des origines : Caïn est venu ici pour construire des villes et des routes, domestiquer gens, sols et racines. Zoudj était le parent pauvre, allongé au soleil dans la pose paresseuse qu'on lui suppose, il ne possédait rien, même pas un troupeau de moutons qui puisse susciter la convoitise ou motiver le meurtre. D'une certaine manière, *ton* Caïn a tué *mon* frère pour… rien ! Pas même pour lui voler son bétail.

On devrait s'arrêter là, tu as de quoi écrire un beau livre, non ? L'histoire du frère de l'Arabe. Une autre histoire d'Arabe. Tu es piégé…

*

Ah, le fantôme, mon double… Il est derrière toi, avec sa bière ? J'ai noté ses manœuvres, il se rapproche de nous progressivement, mine de rien. Un vrai crabe. C'est toujours le même rituel. Il étale le journal et le lit avec application pendant la première heure. Ensuite, il y découpe des articles liés à des faits divers – des meurtres, je crois, car j'ai jeté un coup d'œil à ce qu'il avait laissé traîner sur la table une fois. Ensuite, il regarde par la fenêtre en buvant. Puis les contours de sa silhouette se floutent, il devient lui-même diaphane, s'efface presque. Tel un reflet. On l'oublie, on le contourne à peine quand le bar est bondé. On ne l'a jamais entendu parler. Le garçon semble deviner ses commandes. Il porte toujours la même vieille veste usée aux coudes, cette même frange sur son front large, et a toujours ce regard glacé par la lucidité. Sans oublier sa cigarette. Éternelle cigarette, le reliant aux cieux par la fine volute qui se tord et s'étire vers le haut. Il m'a à peine regardé durant toutes ces années de voisinage. Ha, ha, je suis son Arabe. Ou alors, il est le mien.

Bonne nuit, l'ami.

CHAPITRE VI

J'aimais voler le pain caché au-dessus de l'armoire de M'ma, et l'observer ensuite le cherchant partout en murmurant des malédictions. Une nuit, quelques mois après la mort de Moussa, alors que nous habitions encore à Alger, j'ai attendu qu'elle s'endorme, puis j'ai dérobé la clef de son coffre à provisions et j'ai mangé presque tout le sucre qui y était entreposé. Le lendemain matin, elle s'affola, maugréa, puis se mit à se lacérer le visage en pleurant sur son sort : un mari disparu, un fils tué et un autre qui la regardait avec une joie presque cruelle. Eh oui ! Je m'en souviens, j'avais ressenti une étrange jubilation à la voir souffrir réellement, pour une fois. Pour lui prouver mon existence, il me fallait la décevoir. C'était comme fatal. Ce lien nous a unis plus profondément que la mort.

Un jour, M'ma a voulu que j'aille à la mosquée du quartier, qui, sous l'autorité d'un jeune imam, servait plus ou moins de garderie. C'était l'été. M'ma a dû me traîner par les cheveux jusque dans la rue ; le soleil était si dur. J'ai réussi à lui échapper me débattant comme un forcené et je l'ai insultée. Puis j'ai couru tout en tenant la grappe de raisin qu'elle m'avait donnée juste avant pour m'amadouer. Dans ma fuite, j'ai trébuché, je suis tombé, et les grains se sont écrasés dans la poussière. J'en ai pleuré toutes les larmes de mon corps, et j'ai fini par rejoindre la mosquée, tout penaud. Je ne sais pas ce qu'il m'a pris, mais quand l'imam m'a demandé quelle était la cause de mon chagrin, j'ai accusé un gamin de m'avoir battu. C'était, je crois, mon premier mensonge. Mon expérience à moi du fruit volé au paradis. Car, à partir de ce moment-là, je devins rusé et fourbe, je me mis à grandir. Or ce premier mensonge, je l'ai commis un jour d'été. Tout comme le meurtrier, ton héros, s'ennuyant, solitaire, penché sur sa propre trace, tournant en rond, cherchant le sens du monde en piétinant le corps des Arabes.

Arabe, je ne me suis jamais senti arabe, tu sais. C'est comme la négritude qui n'existe que par le regard du Blanc. Dans le quartier, dans notre monde, on était musulman, on avait un prénom, un visage et des habitudes. Point. Eux, étaient « les étrangers », les roumis que Dieu avait fait venir pour nous mettre à l'épreuve, mais dont les heures étaient de toute façon comptées : ils partiraient un jour ou l'autre, c'était certain. C'est pourquoi on ne leur répondait pas, on se taisait en leur présence et on attendait, adossé au mur. Ton écrivain meurtrier s'est trompé, mon frère et son compagnon n'avaient pas du tout l'intention de les tuer, lui ou son ami barbeau. Ils attendaient seulement. Qu'ils partent tous, lui, le maquereau et les milliers d'autres. On le savait tous, et ce dès la première enfance, on n'avait même pas besoin d'en parler, on savait qu'ils finiraient par partir. Quand il nous arrivait de passer dans un quartier européen, nous nous amusions même à désigner les maisons en nous les partageant comme un butin de guerre : « Celle-là est à moi, je l'ai touchée le premier ! », lançait l'un de nous, déclenchant des cris de surenchère. À cinq ans, déjà ! Tu t'en rends compte ? Comme si on avait eu l'intuition de ce qui se passerait à l'Indépendance, avec les armes en moins.

Il a donc fallu le regard de ton héros pour que mon frère devienne un « Arabe » et en meure. Ce matin maudit de l'été 1942, Moussa avait annoncé, comme je te l'ai déjà dit plusieurs fois, qu'il allait rentrer plus tôt. Ce qui me contraria un peu. Cela voulait dire moins d'heures à jouer dans la rue. Moussa portait son bleu de chauffe et ses espadrilles. Il but son café au lait, regarda les murs comme on feuillette aujourd'hui son agenda puis se leva d'un coup, après avoir décidé, peut-être, de son itinéraire définitif et de l'heure du rendez-vous avec quelques-uns de ses amis. Chaque jour ou presque était ainsi fait : une sortie le matin puis, quand il n'y avait pas de travail au port ou au marché, de longues heures de désœuvrement. Moussa a claqué la porte derrière lui, laissant la question posée par ma mère sans réponse : « Est-ce que tu apporteras du pain ? »

Un point me taraude en particulier : comment mon frère s'est-il retrouvé sur cette plage ? On ne le saura jamais. Ce détail est un incommensurable mystère et donne le vertige, quand on se demande ensuite comment un homme peut perdre son prénom, puis sa vie, puis son propre cadavre en une seule journée. Au fond, c'est cela, oui. Cette histoire – je me permets d'être grandiloquent – est celle de tous les gens de cette époque. On était Moussa pour les siens, dans son quartier, mais il suffisait de faire quelques mètres dans la ville des Français, il suffisait du seul regard de l'un d'entre eux pour tout perdre, à commencer par son prénom, flottant dans l'angle mort du paysage. En fait, ce jour-là, Moussa n'a rien fait d'autre que de trop s'approcher du soleil, en quelque sorte. Il devait retrouver l'un de ses amis, un certain Larbi, qui, je m'en souviens, jouait de la flûte. D'ailleurs, on ne l'a jamais retrouvé, ce Larbi. Il a disparu du quartier pour éviter ma mère, la police, les histoires et même l'histoire de ce livre. Il n'en resta que le prénom, étrange écho : « Larbi/l'Arabe ». Il n'y avait pas plus anonyme que ce faux jumeau… Ah si, reste la prostituée ! Je n'en parle jamais parce qu'il s'agit d'une véritable insulte. Une histoire fabriquée par ton héros. Avait-il besoin d'inventer une histoire aussi improbable que celle d'une pute maquée que son frère voulait venger ? Je reconnais à ton héros le talent d'inventer une tragédie à partir d'un bout de journal et de raviver l'esprit fou d'un empereur à partir d'un incendie, mais je t'avoue que là, il m'a déçu. Pourquoi une pute ? Pour insulter la mémoire de Moussa, le salir et atténuer ainsi la gravité de sa propre faute ? J'en doute aujourd'hui. Je crois davantage à la volonté d'un esprit tordu qui a campé des rôles abstraits. La terre de ce pays sous la forme de deux femmes imaginaires : la fameuse Marie, élevée dans la serre d'une innocence impossible, et la prétendue sœur de Moussa/Zoudj, lointaine figure de nos terres labourées par les clients et les passants, réduite à être entretenue par un proxénète immoral et violent. Une pute dont le frère arabe se devait de venger l'honneur. Si tu m'avais rencontré il y a des décennies, je t'aurais servi la version de la prostituée/terre algérienne et du colon qui en abuse par viols et violences répétés. Mais j'ai pris de la distance. On n'a jamais eu de sœur, mon frère Zoudj et moi, un point c'est tout.

Je ne cesse de me demander, encore et encore : mais pourquoi donc Moussa, ce jour-là, se trouvait-il sur cette plage ? Je ne sais pas. Le désœuvrement est une explication facile et le destin une version trop pompeuse. Peut-être la bonne question, après tout, est-elle la suivante : que faisait *ton* héros sur cette plage ? Pas uniquement ce jour-là, mais depuis si longtemps ! Depuis un siècle pour être franc. Non, crois-moi, je ne suis pas de ce genre-là. Cela m'importe peu qu'il soit français et moi algérien, sauf que Moussa était à la plage avant lui et que c'est ton héros qui est venu le chercher. Relis le paragraphe dans le livre. Lui-même admet s'être un peu perdu pour tomber presque par hasard sur les deux Arabes. Ce que je veux dire, c'est que ton héros avait une vie qui n'aurait pas dû le mener à cette oisiveté meurtrière. Il commençait à être célèbre, il était jeune, libre, salarié et capable de regarder les choses en face. Il aurait dû s'installer bien plus tôt à Paris ou se marier avec Marie. Pourquoi est-il venu sur cette plage ce jour-là précisément ? Ce qui est inexplicable, ce n'est pas uniquement le meurtre, mais aussi la vie de cet homme. C'est un cadavre qui décrit magnifiquement les lumières de ce pays, mais coincé dans un au-delà sans dieux, ni enfers. Rien que de la routine éblouissante. Sa vie ? S'il n'avait pas tué et écrit, personne ne se serait souvenu de lui.

Je veux boire encore. Appelle-le.

Eh, Moussa !

Aujourd'hui, comme c'était déjà le cas il y a quelques années, lorsque je fais mes comptes et trace mes colonnes, je reste un peu surpris. D'abord la plage n'existe pas réellement, ensuite la prétendue sœur de Moussa est une allégorie ou simplement une excuse minable de dernière minute, et enfin les témoins : un à un, ils se révéleront des pseudonymes, de faux voisins, des souvenirs ou des gens qui ont fui après le crime. Dans la liste, il ne reste que deux couples et un orphelin. Ton Meursault et sa mère d'une part ; M'ma et Moussa de l'autre ; et, au beau milieu, ne sachant être le fils d'aucun des deux, moi, assis dans ce bar à essayer de retenir ton attention.

Le succès de ce livre est encore intact, à en croire ton enthousiasme, mais je te le répète, je pense qu'il s'agit d'une terrible arnaque. Après l'Indépendance, plus je lisais les livres de ton héros et remontais sa carrière d'écrivain devenu célèbre, plus j'avais l'impression d'écraser mon visage sur la vitre d'une salle de fête où ni ma mère ni moi n'étions conviés. Tout s'est passé sans nous, même après la mort du meurtrier. Il n'y a pas trace de notre deuil et de ce qu'il advint de nous par la suite. Rien de rien, l'ami ! Le monde entier assiste éternellement au même meurtre en plein soleil, personne n'a rien vu et personne ne nous a vus nous éloigner. Quand même ! Il y a de quoi se permettre un peu de colère, non ? Si seulement ton héros s'était contenté de s'en vanter sans aller jusqu'à en faire un livre ! Il y en avait des milliers comme lui, à cette époque, mais c'est son talent qui rendit son crime parfait.

*

Tiens, le fantôme est encore absent ce soir. Deux nuits de suite. Il doit être en train de guider les morts ou de lire des livres que personne ne comprend.

CHAPITRE VII

Non merci, je n'aime pas le café au lait ! J'ai horreur de cette mixture.

D'ailleurs, c'est le vendredi que je n'aime pas. C'est un jour que je passe souvent sur le balcon de mon appartement à regarder la rue, les gens, et la mosquée. Elle est si imposante que j'ai l'impression qu'elle empêche de voir Dieu. J'habite là-bas, au troisième étage, depuis vingt ans, je crois. Tout est délabré. Lorsque, penché à mon balcon, j'observe les jeunes enfants jouer, il me semble voir, en direct, les nouvelles générations, toujours plus nombreuses, repousser les anciennes vers le bord de la falaise. C'est honteux, mais j'éprouve de la haine à leur égard. Ils me volent quelque chose. Hier, j'ai très mal dormi.

Mon voisin est un homme invisible qui, chaque week-end, se met en tête de réciter le Coran à tue-tête durant toute la nuit. Personne n'ose lui dire d'arrêter car c'est Dieu qu'il fait hurler. Moi non plus je n'ose pas, je suis suffisamment marginal dans cette cité. Il a une voix nasillarde, plaintive, obséquieuse. On dirait qu'il joue tour à tour le rôle de tortionnaire et celui de victime. J'ai toujours cette impression quand j'écoute réciter le Coran. J'ai le sentiment qu'il ne s'agit pas d'un livre mais d'une dispute entre un ciel et une créature ! La religion pour moi est un transport collectif que je ne prends pas. J'aime aller vers ce Dieu, à pied s'il le faut, mais pas en voyage organisé. Je déteste les vendredis depuis l'Indépendance, je crois. Est-ce que je suis croyant ? J'ai réglé la question du ciel par une évidence : parmi tous ceux qui bavardent sur ma condition – cohortes d'anges, de dieux, de diables ou de livres –, j'ai su, très jeune, que j'étais le seul à connaître la douleur, l'obligation de la mort, du travail et de la maladie. Je suis le seul à payer des factures d'électricité et à être mangé par les vers à la fin. Donc, ouste ! Du coup, je déteste les religions et la soumission. A-t-on idée de courir après un père qui n'a jamais posé son pied sur terre et qui n'a jamais eu à connaître la faim ou l'effort de gagner sa vie ?

Mon père ? Oh je t'ai dit tout ce que je savais sur lui. J'ai appris à écrire ce nom comme on écrit une adresse, sur mes cahiers d'écolier. Un nom de famille et rien d'autre. Aucune autre trace de lui, je n'ai pas même une vieille veste ou une photo. M'ma a toujours refusé de me décrire ses traits, son caractère, de lui donner un corps ou de me raconter le moindre souvenir. Et je n'ai pas eu d'oncles paternels ou de tribu pour jouer à en redessiner les contours. Rien. Gamin, je l'ai donc imaginé un peu comme Moussa mais en plus grand. Immense, gigantesque, capable de colères cosmiques et assis aux confins du monde à exercer son métier de veilleur de nuit. Mon hypothèse est qu'il a fui par lassitude ou par lâcheté. J'ai peut-être été comme lui après tout. J'ai quitté ma propre famille avant d'en avoir une, car je n'ai jamais été marié. Bien sûr, j'ai connu l'amour de beaucoup de femmes, mais sans que cela ne dénoue le lourd et étouffant secret qui me ligotait à ma mère. Après toutes ces années de célibat, j'en suis arrivé à la conclusion suivante : j'ai toujours nourri une puissante méfiance à l'égard des femmes. Fondamentalement, je ne les ai jamais crues.

La mère, la mort, l'amour, tout le monde est partagé, inégalement, entre ces pôles de fascination. La vérité est que les femmes n'ont jamais pu ni me libérer de ma propre mère et de la sourde colère que j'éprouvais contre elle ni me protéger de son regard qui, longtemps, m'a suivi partout. En silence. Comme pour me demander pourquoi je n'avais pas retrouvé le corps de Moussa ou pourquoi j'avais survécu à sa place ou pourquoi j'étais venu au monde. À cela il faut ajouter la pudeur qui était de rigueur à l'époque. Les femmes accessibles étaient rares, et dans un village comme Hadjout on ne pouvait pas les croiser le visage nu, encore moins leur parler. Je n'avais pas de cousine dans les parages. Dans ma vie, la seule histoire qui ressemble un peu à une histoire d'amour est celle que j'ai vécue avec Meriem. Elle est la seule femme qui ait trouvé la patience de m'aimer et de me ramener à la vie. J'ai fait sa connaissance juste un peu avant l'été 1963, tout le monde était porté par l'enthousiasme postindépendance et je me souviens encore de ses cheveux fous, de ses yeux passionnés qui viennent me visiter parfois dans des rêves insistants. Depuis cette histoire avec Meriem, j'ai pris conscience que les femmes s'éloignent de mon chemin, elles font comme un détour, comme si, instinctivement, elles sentaient que j'étais le fils d'une autre et pas un compagnon potentiel. Mon physique, aussi, ne m'y a guère aidé. Je ne te parle pas de mon corps, mais de ce que la femme devine ou désire chez l'autre. Les femmes ont l'intuition de l'inachevé et évitent les hommes qui prolongent trop longtemps leurs doutes de jeunesse. Meriem a été la seule à vouloir défier ma mère même si elle ne l'a presque jamais croisée et ne l'a réellement connue qu'en se heurtant à mes silences et mes hésitations. Elle et moi, nous nous sommes vus une dizaine de fois pendant cet été. Le reste s'est nourri d'une correspondance qui a duré quelques mois, puis elle a cessé de m'écrire et tout s'est dilué. Peut-être à cause d'une mort, d'un mariage ou d'un changement d'adresse. Qui sait ? Je connais un vieux facteur, dans mon quartier, qui a fini par être mis en prison parce qu'il avait pris l'habitude, à la fin de sa journée, de jeter les lettres qu'il n'avait pas distribuées.

Nous sommes vendredi. C'est la journée la plus proche de la mort dans mon calendrier. Les gens se travestissent, cèdent au ridicule de l'accoutrement, déambulent dans les rues encore en pyjama ou presque alors qu'il est midi, traînent en pantoufles comme s'ils étaient dispensés, ce jour-là, des exigences de la civilité. La foi, chez nous, flatte d'intimes paresses, autorise un spectaculaire laisser-aller chaque vendredi, comme si les hommes allaient vers Dieu tout chiffonnés, tout négligés. As-tu constaté comme les gens s'habillent de plus en plus mal ? Sans soins, sans élégance, sans souci de l'harmonie des couleurs ou des nuances. Rien. Ces vieux qui, comme moi, affectionnaient le turban rouge, le gilet, le nœud papillon ou les belles chaussures brillantes se font de plus en plus rares. Ils semblent disparaître avec les jardins publics. C'est l'heure de la prière que je déteste le plus – et ce depuis l'enfance, mais davantage encore depuis quelques années. La voix de l'imam qui vocifère à travers le haut-parleur, le tapis de prière roulé sous l'aisselle, les minarets tonitruants, la mosquée à l'architecture criarde et cette hâte hypocrite des fidèles vers l'eau et la mauvaise foi, les ablutions et la récitation. Le vendredi, tu retrouveras ce spectacle partout, mon ami, toi qui viens de Paris. C'est presque toujours la même scène depuis des années. Le réveil des voisins, le pas traînant et le geste lent, réveil depuis longtemps précédé par celui de leur marmaille grouillant comme des vers sur mon corps, la voiture neuve qu'on lave et relave, le soleil à la course inutile pendant ce jour d'éternité et cette sensation presque physique de l'oisiveté de tout un cosmos devenu des couilles à laver et des versets à réciter. J'ai parfois l'impression que lorsqu'ils ne peuvent pas aller au maquis, ces gens n'ont pas où aller sur leur propre terre. Le vendredi ? Ce n'est pas un jour où Dieu s'est reposé, c'est un jour où il a décidé de fuir et de ne plus jamais revenir. Je le sais à ce son creux qui persiste après la prière des hommes, à leurs visages collés contre la vitre de la supplication. Et à leur teint de gens qui répondent à la peur de l'absurde par le zèle. Quant à moi, je n'aime pas ce qui s'élève vers le ciel, mais seulement ce qui partage la gravité. J'ose te le dire, j'ai en horreur les religions. Toutes ! Car elles faussent le poids du monde. J'ai parfois envie de crever le mur qui me sépare de mon voisin, de le prendre par le cou et de lui hurler d'arrêter sa récitation de pleurnichard, d'assumer le monde, d'ouvrir les yeux sur sa propre force et sa dignité et d'arrêter de courir derrière un père qui a fugué vers les cieux et qui ne reviendra jamais. Regarde un peu le groupe qui passe, là-bas, et la gamine avec son voile sur la tête alors qu'elle ne sait même pas encore ce qu'est un corps, ce qu'est le désir. Que veux-tu faire avec des gens pareils ? Hein ?

Le vendredi, tous les bars sont fermés et je n'ai rien à faire. Les gens me regardent curieusement parce qu'à mon âge je ne prie personne et ne tends la main à personne. Cela ne se fait pas d'être si proche de la mort sans se sentir proche de Dieu. « Pardonne-leur [mon Dieu], car ils ne savent pas ce qu'ils font. » De tout mon corps et de toutes mes mains, je m'accroche à cette vie que je serai seul à perdre et dont je suis le seul témoin. Quant à la mort, je l'ai approchée il y a des années et elle ne m'a jamais rapproché de Dieu. Elle m'a seulement donné le désir d'avoir des sens plus puissants encore, plus voraces et a augmenté la profondeur de ma propre énigme. Ils vont tous vers la mort à la queue leu leu, moi j'en reviens et je peux dire que, de l'autre côté, c'est seulement une plage vide, sous le soleil. Que ferais-je si j'avais rendez-vous avec Dieu et que, sur mon chemin, je croisais un homme qui a besoin d'aide pour réparer sa voiture ? Je ne sais pas. Je suis le bonhomme en panne, pas le passant qui cherche la sainteté. Bien sûr, dans la cité, je garde le silence et mes voisins n'aiment pas cette indépendance qu'ils m'envient – et voudraient me faire payer. Les enfants se taisent quand je m'approche, d'autres murmurent des insultes sur mon passage, prêts à s'enfuir si je me retourne, les lâches. Il y a des siècles, on m'aurait peut-être brûlé vif à cause de mes certitudes et des bouteilles de vin rouge trouvées dans les poubelles collectives. Aujourd'hui, ils m'évitent. Je ressens une pitié presque divine envers cette fourmilière et ses espoirs désordonnés. Comment peut-on croire que Dieu a parlé à un seul homme et que celui-ci s'est tu à jamais ? Je feuillette parfois leur livre à eux, Le Livre, et j'y retrouve d'étranges redondances, des répétitions, des jérémiades, des menaces et des rêveries qui me donnent l'impression d'écouter le soliloque d'un vieux gardien de nuit, un *assasse*.

Ah les vendredis !

Le fantôme du bar, celui qui nous tourne autour à sa façon, comme pour mieux écouter mon récit ou me voler mon histoire, eh bien je me demande souvent ce qu'il fait de ses vendredis. Va-t-il à la plage ? Au cinéma ? A-t-il une mère lui aussi, ou une femme qu'il aime embrasser ? Une belle énigme, non ? As-tu remarqué que les vendredis, généralement, le ciel ressemble aux voiles affaissées d'un bateau, les magasins ferment et que, vers midi, l'univers entier est frappé de désertion ? Alors, m'atteint au cœur une sorte de sentiment d'une faute intime dont je serais coupable. J'ai vécu tant de fois ces affreux jours à Hadjout et toujours avec cette sensation d'être coincé pour toujours dans une gare désertée.

J'ai, depuis des décennies, du haut de mon balcon, vu ce peuple se tuer, se relever, attendre longuement, hésiter entre les horaires de son propre départ, faire des dénégations avec la tête, se parler à lui-même, fouiller ses poches avec panique comme un voyageur qui doute, regarder le ciel en guise de montre, puis succomber à d'étranges vénérations pour creuser un trou et s'y allonger afin de rencontrer plus vite son Dieu. Tant et tant de fois qu'aujourd'hui je prends ce peuple pour un seul homme avec qui j'évite d'avoir de trop longues discussions et que je maintiens à distance respectueuse. Mon balcon donne sur l'espace collectif de la cité : des toboggans cassés, quelques arbres torturés et faméliques, des escaliers sales, des sachets en plastic accrochés aux jambes des vents, d'autres balcons bariolés par du linge indistinct, des citernes d'eau et des antennes paraboliques. Telles des miniatures familières, mes voisins s'agitent sous mes yeux : un militaire à la retraite, moustachu, qui lave sa voiture dans un plaisir étiré jusqu'à l'infini, presque masturbatoire ; un autre, très brun et avec des yeux tristes, chargé discrètement d'assurer la location des chaises, tables, assiettes, ampoules, etc. des enterrements comme des mariages. Il y a aussi un pompier à la démarche cassée qui bat régulièrement sa femme et qui, à l'aube, sur le palier de leur appartement – parce qu'elle finit toujours par le jeter dehors –, se met à implorer son pardon en hurlant le nom de sa propre mère. Et rien de plus que cela, mon Dieu ! Enfin, il me semble que tu connais tout cela, même si tu vis en exil depuis des années comme tu l'affirmes.

Je t'en parle car c'est l'un des versants de mon univers. L'autre balcon invisible de ma tête donne sur la scène de la plage incandescente, la trace impossible du corps de Moussa et sur un soleil figé au-dessus de la tête d'un homme qui tient une cigarette ou un revolver, je ne sais pas vraiment. J'aperçois la scène de loin. L'homme a la peau brune, porte un short un peu trop long, sa silhouette est un peu frêle, elle semble mue par une force aveugle qui raidit ses muscles – on dirait un automate. Dans le coin, il y a les pilotis d'un cabanon et, à l'autre bout, le rocher qui clôt cet univers. C'est une scène immuable contre laquelle je bute comme une mouche sur une vitre. Impossible d'y pénétrer. Je ne peux y poser le pied pour courir sur le sable et changer l'ordre des choses. Ce que j'éprouve quand je vois et revois cette scène ? La même chose que lorsque j'avais sept ans. De la curiosité, de l'excitation, l'envie de traverser l'écran ou de suivre le faux lapin blanc. De la tristesse, car je ne distingue pas nettement le visage de Moussa. De la colère aussi. Et l'envie de pleurer, toujours. Les sentiments vieillissent lentement, moins vite que la peau. Quand on meurt à cent ans, on n'éprouve peut-être rien de plus que la peur qui, à six ans, nous saisissait lorsque, le soir, notre mère venait éteindre la lumière.

Dans cette scène où rien ne bouge, ton héros ne ressemble en rien à l'autre, celui que j'ai tué. Lui était gros, vaguement blond, avec d'énormes cernes et il portait toujours la même chemise à carreaux. Qui, l'autre ? Tu te demandes, hein. Il y a toujours un autre, mon vieux. En amour, en amitié, ou même dans un train, un autre, assis en face de vous et qui vous fixe, ou vous tourne le dos et creuse les perspectives de votre solitude.

Il y en a donc un aussi, dans mon histoire.

CHAPITRE VIII

J'ai appuyé sur la gâchette, j'ai tiré deux fois. Deux balles. L'une dans le ventre et l'autre dans le cou. Au total, cela fait sept, pensai-je sur le champ, absurdement. (Sauf que les cinq premières, celles qui avaient tué Moussa, avaient été tirées vingt ans auparavant…)

M'ma était derrière moi et je sentais son regard comme une main me poussant dans le dos, me maintenant debout, dirigeant mon bras, inclinant légèrement ma tête au moment où je visai. L'homme que je venais de tuer gardait sur son visage une moue de surprise – grands yeux ronds et bouche grotesquement tordue. Un chien aboya au loin. L'arbre de la maison frémit sous le ciel noir et chaud. Tout mon corps était immobile, comme figé par une crampe. La crosse de l'arme était gluante de sueur. C'était la nuit, mais on y voyait très clair. À cause de la lune phosphorescente. Tellement proche qu'on aurait pu l'atteindre en s'élançant haut vers le ciel. L'homme dégageait sa dernière sueur née de la terreur. Il va suer jusqu'à rendre toute l'eau de la terre, puis macérer et se mêler à la boue, me dis-je. Je me mis à imaginer sa mort comme une désagrégation des éléments. L'atrocité de mon crime s'y dissoudrait aussi, en quelque sorte. Ce n'était pas un assassinat mais une *restitution*. J'ai pensé aussi, même si ça peut paraître incongru pour un gars comme moi, qu'il n'était pas musulman et que sa mort n'était donc pas interdite. Mais c'était une pensée de lâche et je l'ai su tout de suite. Je me rappelle son regard. Il ne m'accusait même pas, je crois, mais me fixait comme on fixe une impasse qu'on n'avait pas prévue. M'ma était toujours derrière moi et j'ai compris son soulagement à son souffle qui se calma et devint soudain très doux. Avant, il n'était que sifflement. (« Depuis la mort de Moussa », me dit une voix.) La lune regardait, elle aussi ; le ciel tout entier semblait une lune. Elle avait déjà allégé la terre et la chaleur moite tombait rapidement. Le chien, dans l'horizon obscur, aboya une seconde fois, longuement, et faillit m'extraire de la torpeur qui m'avait envahi. Je trouvais ridicule qu'un homme puisse mourir avec autant de facilité et clore notre histoire avec son affaissement théâtral, presque comique. Mes tempes battaient à cause de l'affolement assourdissant de mon cœur.

M'ma ne fit pas un geste, mais je savais qu'elle venait de retirer son immense vigilance à l'univers et pliait bagage pour s'en aller rejoindre sa vieillesse enfin méritée. Je le sus d'instinct. Je sentais ma chair glacée sous mon aisselle droite, celle de ce bras qui venait de briser l'équilibre des choses. « Les choses vont peut-être enfin redevenir comme avant », dit quelqu'un. J'avais des voix dans la tête. C'était peut-être Moussa qui parlait. Quand on tue, il y a une part de vous qui, immédiatement, se met à échafauder une explication, à fabriquer un alibi, à construire une version des faits qui vous lave les mains alors qu'elles sentent encore la poudre et la sueur. Moi, je n'ai pas eu à m'en préoccuper car, je le savais depuis des années, lorsque je tuerais, je n'aurais pas besoin que l'on me sauve, que l'on me juge ou que l'on m'interroge. Personne ne tue une personne précise durant une guerre. Il ne s'agit pas d'assassinat mais de bataille, de combat. Or dehors, loin de cette plage et de notre maison, il y avait une guerre précisément, la guerre de Libération, qui étouffait la rumeur de tous les autres crimes. C'étaient les premiers jours de l'Indépendance et les Français couraient dans tous les sens, bloqués entre la mer et l'échec, et les gens de ton peuple exultaient, se relevaient, dressés dans leur bleu de chauffe, s'extirpaient de leur sieste de sous les rochers et se mettaient à tuer à leur tour. Cela me suffirait comme alibi au cas où – mais je savais, au plus profond de moi, que je n'en aurais pas besoin. Ma mère s'en chargerait. Et puis, ce n'était qu'un Français qui devait fuir sa propre conscience. Au fond, je me suis senti soulagé, allégé, libre dans mon propre corps qui cessait enfin d'être destiné au meurtre. D'un coup – de feu ! –, j'ai ressenti jusqu'au vertige l'espace immense et la possibilité de ma propre liberté, la moiteur chaude et sensuelle de la terre, le citronnier et l'air chaud qu'il embaumait. L'idée me traversa que je pouvais enfin aller au cinéma ou nager avec une femme.

Toute la nuit céda brusquement et se transforma en un soupir – comme après un coït, je te le jure. J'ai failli, même, gémir, je m'en souviens tout à fait, à cause de cette curieuse honte que j'ai conservée quand je repense à ce moment. Nous sommes restés longtemps ainsi, occupés, chacun, à scruter son éternité. Le Français qui avait eu le malheur de venir se réfugier chez nous cette nuit d'été 1962, moi, avec mon bras qui ne retombait pas après le meurtre, M'ma avec sa monstrueuse exigence enfin vengée. Tout cela dans le dos du monde, pendant le cessez-le-feu de juillet 1962.

Rien, dans cette nuit chaude, ne laissait présager un assassinat. Tu me demandes ce que j'ai ressenti exactement après ça ? Un immense allègement. Une sorte de mérite mais sans honneur. Quelque chose s'est assis au fond de moi, s'est enroulé sur ses propres épaules, a pris sa tête entre ses mains, et a eu un soupir si profond que, attendri, j'en eus les larmes aux yeux. C'est alors que j'ai levé les yeux et regardé autour de moi. J'ai encore une fois été surpris par l'immensité de la cour où je venais d'exécuter un inconnu. Comme si les perspectives se dégageaient et que je pouvais enfin respirer. Alors que, jusque-là, j'avais toujours vécu enfermé dans le périmètre tracé par la mort de Moussa et la surveillance de ma mère, je me vis debout, au cœur d'un territoire déployé à la mesure de toute la terre nocturne et offerte de cette nuit. Quand mon cœur reprit sa place, tous les objets en firent de même.

M'ma, de son côté, scrutait le cadavre du Français en prenant déjà, mentalement, les mensurations avec, en tête, la taille de la tombe que nous allions lui creuser. Elle me dit alors quelque chose qui alla se perdre dans mon crâne ; elle le répéta et je saisis cette fois : « Fais vite ! » Elle me le dit avec le ton ferme et sec que l'on a quand on donne des ordres pour une corvée. Il ne s'agissait pas seulement d'un cadavre à enterrer, mais d'une scène à ranger, à nettoyer, comme après la fin du dernier acte, au théâtre. (Balayer le sable de la plage, enfouir le corps dans un pli froncé de l'horizon, repousser le fameux rocher des deux Arabes et le balancer derrière la colline, dissoudre l'arme comme s'il s'agissait d'une écume, appuyer sur l'interrupteur pour que le ciel se rallume et que la mer reprenne ses halètements et, enfin, remonter vers le cabanon pour rejoindre les personnages figés de cette histoire.) Ah oui ! Un dernier détail. Je devais m'emparer de l'horloge de toutes mes heures vécues, en remonter le mécanisme vers les chiffres du cadran maudit et les faire coïncider avec l'heure exacte de l'assassinat de Moussa : quatorze heures-*zoudj*. Je me mis à entendre jusqu'au cliquetis de ses rouages reprenant leur tic-tac net et régulier. Car figure-toi que j'ai tué le Français vers deux heures du matin. Et depuis ce moment, M'ma a commencé à vieillir par nature et non plus par rancune, des rides la plièrent en mille pages et ses propres ancêtres semblèrent enfin calmes et capables de l'approcher pour les premiers palabres qui mènent vers la fin.

Quant à moi, que te dire ? La vie m'était enfin redonnée même si je devais traîner un nouveau cadavre. Du moins, me disais-je, ce n'était plus le mien, mais celui d'un inconnu. Cette nuit resta le secret de notre étrange famille composée de morts et de déterrés. On enterra le corps du roumi dans un bout de terre, tout près de la cour. M'ma en guette, depuis, la possible résurrection. Nous avons creusé à la lumière de la lune. Personne ne semblait avoir entendu les deux coups de feu. À l'époque, on tuait beaucoup, je te l'ai dit, c'était les premiers jours de l'Indépendance. Durant cette période étrange, on pouvait tuer sans inquiétude ; la guerre était finie mais la mort se travestissait en accidents et en histoires de vengeance. Et puis, un Français disparu dans le village ? Personne n'en parla. Au début du moins.

Voilà, maintenant tu connais le secret de notre famille. Toi, et le félon fantôme derrière toi. Je l'ai observé dans sa progression, il est de plus en plus proche de nous, d'un soir à l'autre. Il a peut-être tout entendu, mais je m'en fiche.

Non, je n'ai jamais réellement connu cet homme, ce Français que j'ai tué. Il était gros et je me souviens de sa chemise à carreaux, de sa veste de treillis et de son odeur. C'est ce qui l'a d'abord dévoilé à mes sens quand je suis sorti, cette nuit-là, pour identifier l'origine du bruit qui nous avait réveillés en sursaut, à deux heures du matin, M'ma et moi. Un bruit sourd de chute suivi d'un silence encore plus bruyant et d'une sale odeur de peur. Il était si blanc que cela le desservit dans l'obscurité où il s'était caché.

Je t'ai dit que ce soir-là la nuit ressemblait à un rideau léger. Et je t'ai dit qu'à cette époque-là on tuait beaucoup et dans le tas – l'OAS mais aussi des *djounoud* FLN de la dernière heure. Temps troubles, terres sans maîtres, départs brusques des colons, villas occupées. Chaque soir, j'étais sur le qui-vive, je protégeais notre nouvelle maison des effractions, des voleurs. Les propriétaires – la famille Larquais qui employait M'ma – avaient fui depuis trois mois environ. Nous étions donc les nouveaux maîtres des lieux, par droit de présence. Cela était arrivé très simplement. Un matin, de notre cagibi, mitoyen de la maison des patrons, on entendit des cris, des meubles déplacés, des bruits de moteur et encore des cris. On était en mars 1962. Je suis resté dans les parages car il n'y avait pas de travail, et M'ma avait décrété une sorte de loi d'exception depuis des semaines : je devais rester dans le périmètre de sa vigilance. Je la vis entrer chez ses employeurs, s'y attarder une heure puis en revenir en pleurs – mais c'est de jubilation, qu'elle pleurait. Elle m'apprit qu'ils partaient tous et que nous étions chargés de veiller sur la maison. Nous devions assurer l'intendance en quelque sorte, en attendant qu'ils reviennent. Ils ne revinrent jamais. Le lendemain de leur départ, dès l'aube, nous avons emménagé. Je me rappellerai toujours ces premiers moments. Le premier jour, c'est à peine si nous avons osé occuper les pièces principales, nous contentant, presque intimidés, de nous installer dans la cuisine. M'ma me servit un café dans la cour près du citronnier et nous avons mangé là, en silence – nous étions enfin arrivés quelque part depuis notre fuite d'Alger. La deuxième nuit, nous nous sommes aventurés dans l'une des chambres et avons effleuré la vaisselle de nos doigts impressionnés. D'autres voisins étaient, eux aussi, aux aguets, en quête de portes à défoncer, de maisons à occuper. Il fallait se décider et M'ma sut s'y prendre. Elle prononça le nom d'un saint qui m'était inconnu, invita deux autres femmes arabes, prépara du café, promena un encensoir fumant dans chaque pièce et me donna une veste trouvée dans une armoire. C'est ainsi que nous avons fêté l'Indépendance : avec une maison, une veste et une tasse de café. Les jours suivants, nous sommes restés sur nos gardes, nous avions peur que les propriétaires reviennent ou que des gens ne viennent nous déloger. Nous dormions peu, nous étions en alerte. Impossible de se fier à quiconque. La nuit, nous entendions parfois des cris étouffés, des bruits de course, des halètements, toutes sortes de bruits inquiétants. Les portes de maisons étaient fracassées et j'ai même vu, une nuit, un maquisard connu dans la région tirer sur les lampadaires pour piller les alentours en toute impunité.

Quelques-uns des Français qui étaient restés furent inquiétés malgré la promesse de protection qui leur avait été donnée. Un après-midi, ils se sont tous rassemblés à Hadjout, à la sortie de l'église, près de l'imposante mairie, au beau milieu de la grand-rue, pour protester contre l'assassinat de deux d'entre eux par deux djounoud zélés qui sans doute avaient rejoint le maquis quelques jours auparavant. Ces derniers furent exécutés par leur chef, après un procès sommaire, mais cela n'empêcha par les violences de continuer. Ce jour-là, je cherchais un magasin ouvert au centre de la bourgade, et là, dans le petit tas de Français anxieux qui s'étaient regroupés, j'avais aperçu celui qui, le soir même, ou le lendemain, ou quelques jours plus tard, je ne sais plus, deviendrait ma victime. Il portait déjà cette chemise du jour de sa mort, et il ne regardait personne, perdu dans le groupe des siens qui scrutaient avec inquiétude le bout de la rue principale. Tous attendaient l'arrivée des responsables algériens et la justice qu'ils appliqueraient. Nos regards se croisèrent rapidement, il baissa les yeux. Je ne lui étais pas inconnu, et je l'avais déjà aperçu, moi aussi, dans les parages de la famille Larquais. Un proche sans doute, un parent, qui venait souvent leur rendre visite. Cet après-midi-là, il y avait dans le ciel un gros et lourd soleil aveuglant, la chaleur insupportable me brouillait l'esprit. En général, je hâtais le pas quand je marchais dans Hadjout, car personne ne s'expliquait pourquoi, à mon âge, je n'étais pas monté au maquis pour libérer le pays et en chasser tous les Meursault. Après m'être arrêté devant le petit groupe de roumis, j'ai pris le chemin du retour sous un soleil de fer – il grinçait lentement dans les cieux, dans une lumière si nette qu'elle semblait destinée à traquer quelque fuyard plutôt qu'à éclairer sauvagement la terre. Je me suis retourné furtivement, j'ai vu que le Français n'avait pas bougé et fixait ses chaussures, et puis je l'ai oublié. On habitait au bout du village, à la limite des premiers champs, et M'ma m'attendait comme à chaque fois, le corps immobile, le visage fermé comme pour mieux encaisser une mauvaise nouvelle toujours possible. La nuit arriva, nous avons fini par nous endormir.

C'est ce bruit sourd qui me réveilla. J'ai d'abord pensé à un sanglier ou à un voleur. Dans l'obscurité, j'ai frappé un petit coup à la porte de la chambre de ma mère puis je l'ai ouverte ; elle était déjà assise sur son lit et me fixait tel un chat. J'ai sorti l'arme, en douceur, des foulards noués où elle était dissimulée. D'où venait-elle ? Le hasard. Je l'avais découverte, deux semaines plus tôt, cachée dans la toiture du hangar. Un vieux revolver lourd qui ressemblait à un chien de métal à une seule narine et qui dégageait une odeur étrange. Je me souviens de son poids, cette nuit-là, qui m'attirait, non vers la terre mais une cible obscure. Je me souviens que je n'ai pas eu peur alors que toute la maison était soudain redevenue étrangère. Il était presque deux heures du matin et seuls les aboiements de chiens, au loin, traçaient la frontière entre la terre et le ciel éteint. Le bruit venait du hangar, et il avait déjà une odeur, et je l'ai suivi, avec M'ma sur le dos, serrant plus que jamais la corde autour de mon cou, et quand j'ai atteint le hangar, et que j'ai fouillé l'obscurité du regard, l'ombre noire a soudain eu des yeux, puis une chemise et un début de visage, et une grimace. Il était là, coincé entre deux histoires et quelques murs, avec pour seule issue mon histoire à moi qui ne lui laissait aucune chance. L'homme respirait avec peine. Bien sûr que je me souviens de son regard, de ses yeux. Il ne me fixait pas à vrai dire. Il était comme hypnotisé par l'arme qui alourdissait mon poing. Il avait, je crois, tellement peur, qu'il ne pouvait ni m'en vouloir ni me reprocher sa mort. S'il avait bougé, je l'aurais frappé et « aplati sur le sol, la face contre la nuit, des bulles crevant à la surface, autour de sa tête ». Mais il ne bougea pas, pas au début du moins.

« Je n'ai qu'à faire demi-tour et ce sera fini », me dis-je sans y croire un seul instant. Mais M'ma était là, m'interdisant toute dérobade et exigeant ce qu'elle ne pouvait obtenir de ses propres mains : la vengeance.

Nous ne nous sommes rien dit, elle et moi. Nous avons soudain basculé, tous les deux, dans une sorte de folie. Sans doute avons-nous pensé en même temps à Moussa. C'était l'occasion d'en finir avec lui, de l'enterrer dignement. Comme si, depuis sa mort, notre vie n'avait été qu'une comédie, ou un sursis à peine sérieux, et que nous avions seulement joué à attendre que ce roumi revienne de lui-même, sur les lieux du crime, lieux que nous emportions où que nous allions. J'ai avancé de quelques pas, et j'ai ressenti mon corps se cabrer de refus. J'ai voulu forcer cette résistance, j'ai fait un pas de plus. C'est alors que le Français a bougé – ou peut-être ne l'a-t-il même pas fait –, il s'est replié dans l'ombre vers le coin le plus reculé du hangar. Devant moi, tout était ombre « et chaque objet, chaque angle, toutes les courbes se dessinaient avec une confusion insultante pour la raison ». Parce qu'il avait reculé, l'obscurité dévora ce qui restait de son humanité, je ne voyais plus que sa chemise qui me rappela son regard vide du matin – ou de la veille, je ne savais plus.

Ce furent comme deux coups brefs frappés à la porte de la délivrance. C'est du moins ce que je crus ressentir. Après ? J'ai traîné son cadavre jusque dans la cour, puis nous l'avons enterré. On n'enterre pas un mort facilement comme veulent le faire croire les livres ou les films. Le cadavre fait toujours deux fois le poids du vivant, refuse la main qu'on lui tend, s'agrippe à la dernière surface de terre en y adhérant de tout son poids aveugle. Le Français pesait lourd et on n'avait pas le temps. Je l'ai traîné sur un mètre de distance avant que sa chemise rougie et ensanglantée ne se déchire. Un pan m'est resté dans la main. J'ai échangé deux ou trois murmures avec M'ma qui semblait déjà ailleurs, peu intéressée, désormais, par l'univers qu'elle me léguait comme un ancien décor. Avec une pioche et une pelle, j'ai creusé profondément, tout près du citronnier, unique témoin de la scène. Curieusement, j'avais froid, alors que nous étions au cœur de l'été, alors que la nuit était chaude et aussi sensuelle qu'une femme qui a trop attendu l'amour, et je voulais creuser encore et encore, sans jamais m'arrêter ou lever la tête. Ma mère s'empara soudain du lambeau de chemise qui traînait sur le sol, le huma longuement et cela sembla lui rendre enfin la vue. Son regard s'arrêta sur moi, presque étonné.

Après ? Il ne se passa rien. Et alors que la nuit – ses arbres plongés dans les étoiles pendant des heures, sa lune, dernière trace pâle du soleil disparu, la porte de notre petite maison interdisant au temps d'y pénétrer, l'obscurité, notre seul témoin aveugle –, alors que la nuit commençait doucement à retirer sa confusion et à redonner des angles aux choses, mon corps sut enfin reconnaître le moment du dénouement. J'en frissonnai avec un délice presque animal. Allongé à même le sol de la cour, je me suis fabriqué une nuit plus dense en fermant les yeux. En les rouvrant, je vis, je m'en souviens, encore plus d'étoiles dans le ciel et je sus que j'étais piégé dans un plus grand rêve, un déni plus gigantesque, celui d'un autre être qui fermait toujours ses yeux et qui ne voulait rien voir, comme moi.

CHAPITRE IX

Je ne te raconte pas cette histoire pour être absous a posteriori ou me débarrasser d'une quelconque mauvaise conscience. Que non ! À l'époque où j'ai tué, Dieu, dans ce pays, n'était pas aussi vivant et aussi pesant qu'aujourd'hui et de toute façon, je ne crains pas l'enfer. J'éprouve juste une sorte de lassitude, l'envie de dormir souvent et, parfois, un immense vertige.

Le lendemain du meurtre, tout était intact. C'était le même été brûlant avec l'étourdissante stridulation des insectes et le soleil dur et droit planté dans le ventre de la terre. La seule chose qui avait changé pour moi, peut-être, était cette sensation que je t'ai déjà décrite : au moment où j'ai commis ce crime, j'ai senti une porte qui, quelque part, se refermait définitivement sur moi. J'en conclus que j'étais condamné – et pour cela, je n'avais besoin ni de juge, ni de Dieu, ni de la mascarade d'un procès. Seulement de moi-même.

Je rêverais d'un procès ! Et je t'assure que, contrairement à ton héros, je le vivrais avec l'ardeur du délivré. Je rêve de cette salle pleine de gens. Une grande salle avec M'ma rendue enfin muette, incapable de me défendre faute d'une langue précise, assise, hébétée, sur un banc, reconnaissant à peine son ventre ou mon corps. Il y aura, au fond de la salle, quelques journalistes désœuvrés, Larbi, l'ami de mon frère Moussa, Meriem surtout, avec ses milliers de livres flottant au-dessus d'elle comme des papillons numérotés par un sommaire fou. Et puis ton héros incarnant le procureur, qui me demandera, dans un singulier remake, mon nom, mon prénom et ma filiation. Il y aura aussi Joseph, l'homme que j'ai tué, et mon voisin, l'horrible récitant du Coran, il viendra me voir dans ma cellule pour m'expliquer que Dieu sait pardonner. Scène grotesque car le fond y manque. De quoi peut-on m'accuser, moi qui ai servi ma mère jusqu'après la mort, et qui, sous ses yeux, me suis enterré vivant pour qu'elle vive d'espoir ? Que dira-t-on ? Que je n'ai pas pleuré quand j'ai tué Joseph ? Que je suis allé au cinéma après lui avoir tiré deux balles dans le corps ? Non, il n'y avait pas de cinéma pour nous à cette époque et les morts étaient si nombreux qu'on ne les pleurait pas, on leur donnait seulement un numéro et deux témoins. J'ai vainement cherché un tribunal et un juge, mais je ne les ai jamais trouvés.

Au fond, j'ai vécu plus tragiquement que ton héros. J'ai, tour à tour, interprété l'un ou l'autre de ces rôles. Tantôt Moussa, tantôt l'étranger, tantôt le juge, tantôt l'homme au chien malade, Raymond le fourbe, et même l'insolent joueur de flûte qui se moquait de l'assassin. C'est un huis clos en somme, avec moi comme héros unique. Splendide one-man-show. Il y a, partout dans ce pays, des cimetières d'étrangers dont le calme herbage n'est qu'apparence. Tout ce beau monde jacasse et se bouscule pour tenter sa résurrection, intercalée entre la fin du monde et un début de procès. Y en a trop ! Beaucoup trop ! Non je ne suis pas ivre, je rêve d'un procès, mais tous sont morts avant, et j'ai été le dernier à tuer. L'histoire de Caïn et Abel, mais à la fin de l'humanité, pas à ses débuts. Tu comprends mieux maintenant, n'est-ce pas ? Ce n'est pas une banale histoire de pardon ou de vengeance, c'est une malédiction, un piège.

Ce que je veux, c'est me souvenir, je le veux tellement et avec une si grande force que je pourrais remonter le temps peut-être, arriver à cette journée d'été 1942, et interdire l'accès à la plage, durant deux heures, à tous les Arabes possibles de ce pays. Ou bien être jugé, enfin, oui, pendant que je regarde la salle d'audience se faire écraser par la chaleur. Halluciné, entre l'infini et le halètement de mon propre corps coincé dans sa cellule, luttant par le muscle et la pensée contre les murs et l'enfermement. J'en veux à ma mère, je lui en veux. C'est elle qui a commis ce crime en vérité. C'est elle qui tenait ma main tandis que Moussa tenait la sienne et ainsi de suite jusqu'à Abel ou son frère. Je philosophe ? Oui, oui. Ton héros l'a bien compris, le meurtre est la seule bonne question que doit se poser un philosophe. Tout le reste est bavardage. Je ne suis cependant qu'un homme assis dans un bar. C'est la fin du jour, les étoiles surgissent une à une et la nuit a déjà donné au ciel une profondeur vertigineuse. J'aime ce dénouement régulier, la nuit rappelle la terre vers le ciel et lui confie une part d'infini presque égale à la sienne. J'ai tué pendant la nuit et, depuis, j'ai son immensité pour complice.

Ah ! Tu sembles étonné par mon langage. Comment et où l'ai-je appris ? À l'école. Seul. Avec Meriem. C'est surtout elle qui m'a aidé à perfectionner la langue de ton héros, et c'est elle qui m'a fait découvrir, lire et relire encore ce livre que tu conserves dans ton cartable comme un fétiche. La langue française est ainsi devenue l'instrument d'une enquête pointilleuse et maniaque. Ensemble, nous la promenions comme une loupe sur la scène du crime. Avec ma langue et la bouche de Meriem, j'ai dévoré des centaines de livres ! Il me semblait que j'approchais des lieux où l'assassin avait vécu, que je le retenais par la veste pendant qu'il embarquait vers le néant, que je le forçais à se retourner, à me dévisager puis à me reconnaître, à me parler, à me répondre, à me prendre au sérieux : il tremblait de peur devant ma résurrection alors qu'il avait dit au monde entier que j'étais mort sur une plage d'Alger !

J'en reviens cependant au meurtre, car je n'aurai pas d'autres procès, je crois, que celui que je m'offre ici, dans ce bar minable. Tu es jeune, mais tu peux me servir de juge, de procureur, de public, de journaliste… Quand j'ai tué, donc, ce n'est pas l'innocence qui, par la suite, m'a le plus manqué, mais cette frontière qui existait jusque-là entre la vie et le crime. C'est un tracé difficile à rétablir ensuite. L'Autre est une mesure que l'on perd quand on tue. Souvent, depuis, j'ai ressenti un vertige incroyable, presque divin, à vouloir – du moins dans mes rêveries – tout résoudre, en quelque sorte, par l'assassinat. La liste de mes victimes était longue. D'abord, commencer par l'un de nos voisins autoproclamé « ancien moudjahid » alors que tous savent que c'est un escroc doublé d'une crapule, qui a détourné à son profit l'argent des cotisations de vrais moudjahidine. Puis enchaîner sur un chien insomniaque, brun, maigre, à l'œil fou, traînant sa carcasse dans ma cité ; ensuite, cet oncle maternel qui, à chaque Aïd, après la fin du ramadan, est venu, pendant des années, nous promettre de rembourser une ancienne dette, sans jamais le faire ; enfin, le premier maire de Hadjout qui me traitait comme un impuissant parce que je n'avais pas pris le chemin du maquis comme les autres. Cette pensée devint donc familière, après que j'ai tué Joseph, et que je l'ai jeté dans un puits – manière de parler bien sûr, puisque je l'ai enterré. À quoi bon supporter l'adversité, l'injustice ou même la haine d'un ennemi, si l'on peut tout résoudre par quelques simples coups de feu ? Un certain goût pour la paresse s'installe chez le meurtrier impuni. Mais quelque chose d'irréparable aussi : le crime compromet pour toujours l'amour et la possibilité d'aimer. J'ai tué et, depuis, la vie n'est plus sacrée à mes yeux. Dès lors, le corps de chaque femme que j'ai rencontrée perdait très vite sa sensualité, sa possibilité de m'offrir l'illusion de l'absolu. À chaque élan du désir, je savais que le vivant ne reposait sur rien de dur. Je pouvais le supprimer avec une telle facilité que je ne pouvais l'adorer – ç'aurait été me leurrer. J'avais refroidi tous les corps de l'humanité en en tuant un seul. D'ailleurs, mon cher ami, le seul verset du Coran qui résonne en moi est bien celui-ci : « Si vous tuez une seule âme, c'est comme si vous aviez tué l'humanité entière. »

Tiens, ce matin, j'ai lu un article passionnant dans un vieux journal périmé. On y raconte l'histoire d'un certain Sadhu Amar Bharati. Tu n'as sans doute jamais entendu parler de ce monsieur. C'est un Indien qui affirme avoir gardé son bras droit levé en l'air pendant trente-huit ans. Résultat, son bras n'est plus qu'un os recouvert de peau. Il restera figé, jusqu'à sa mort. Il en va peut-être ainsi de nous tous, au fond. Pour les uns, ce sont des bras étreignant le vide laissé par le corps aimé, pour les autres, c'est une main retenant un enfant déjà vieux, une jambe levée sur un seuil jamais traversé, des dents serrées sur un mot jamais prononcé, etc. Cette idée m'amuse depuis ce matin. Pourquoi cet Indien n'a-t-il jamais baissé le bras ? D'après l'article, il s'agit d'un homme appartenant à la classe moyenne, il avait un travail, une maison, une femme et trois enfants, menait une vie normale et paisible. Un jour, il a reçu une révélation, son Dieu lui a parlé. Celui-ci lui aurait demandé d'arpenter le pays sans relâche, le bras droit toujours levé, en prêchant la paix dans le monde. Trente-huit ans plus tard, son bras est pétrifié. Cette anecdote étrange me plaît, elle ressemble à ce que je suis en train de te raconter : l'histoire d'un bras levé. Plus d'un demi-siècle après les coups de feu donnés sur la plage, mon bras est là, levé, impossible à baisser, ridé, mangé par le temps – une peau sèche sur des os morts. Sauf que c'est tout mon être que je sens ainsi, sans muscle et pourtant tendu et douloureux. Car garder cette posture ne suppose pas seulement qu'on se prive d'un membre, cela implique également qu'on endure des douleurs affreuses et lancinantes – bien qu'aujourd'hui elles aient disparu. Écoute ça : « Cela a été douloureux, mais je me suis habitué maintenant », a déclaré l'Indien. Le journaliste décrit son martyr avec force détails. Son bras a perdu toute sensibilité. Bloqué dans une posture semi-verticale, il a fini par s'atrophier et sa main possède des ongles enroulés sur eux-mêmes. Au début, l'histoire m'a fait sourire, mais c'est avec gravité que je la considère maintenant. C'est une histoire vraie, car je l'ai vécue. J'ai vu le corps de M'ma se raidir dans la même pose vigoureuse et irréversible. Je l'ai vu s'assécher, tel le bras aveugle de cet homme, maintenu contre la gravité. M'ma est d'ailleurs une statue. Je me souviens que quand elle ne faisait rien, elle restait là, assise sur le sol, immobile, comme vidée de sa raison d'être. Oh oui ! Des années plus tard, je découvris de quelle patience elle fit preuve et comment elle a hissé l'Arabe – c'est-à-dire moi – jusqu'à cette scène où il a pu s'emparer d'un revolver, exécuter le roumi Joseph et l'enterrer.

Rentrons, jeune homme. Généralement on dort mieux après l'aveu.

CHAPITRE X

Le lendemain de mon crime, tout fut très paisible. Je m'étais assoupi dans la cour après m'être exténué à creuser la tombe. C'est l'odeur du café qui m'a réveillé. M'ma chantonnait ! Je m'en souviens très bien, car c'était la première fois qu'elle se laissait aller à chanter, ne serait-ce qu'à mi-voix. On n'oublie jamais le premier jour du monde. Le citronnier faisait presque semblant de n'avoir rien vu. Je décidai de ne pas sortir de la journée. La proximité de ma mère, sa gentillesse, sa prévenance étaient celles qu'on réserve à un enfant prodige, à un voyageur enfin revenu, à un parent que la mer a rendu, ruisselant et souriant. Elle fêtait le retour de Moussa. Je me suis donc détourné quand elle m'a tendu une tasse, et j'ai failli repousser sa main qui, un instant, a frôlé mes cheveux. J'ai pourtant su, à l'instant même où je la rejetais, que jamais je ne pourrais supporter la proximité d'un autre corps. J'exagère ? Le vrai meurtre donne des certitudes nouvelles et tranchées. Lis ce qu'a écrit ton héros à propos de son séjour en cellule. Moi, je relis souvent ce passage, c'est le plus intéressant de tout son fatras de soleil et de sel. C'est dans sa cellule que ton héros pose le mieux les grandes questions.

Le ciel avait une couleur qui ne me concernait pas. J'ai donc rejoint ma chambre où j'ai dormi encore quelques heures. Vers le milieu de la journée, une main m'a tiré du sommeil. M'ma bien sûr, qui d'autre ? « Ils sont venus te chercher », me dit-elle. Elle n'était ni inquiète ni affolée, on ne pouvait pas tuer son fils deux fois et je l'avais bien compris. L'histoire de Moussa avait encore besoin de quelques rites secondaires avant de s'achever vraiment. Il était quatorze heures passées de quelques minutes, je crois. Je suis sorti dans la petite cour, j'ai aperçu deux tasses vides, des mégots et des traces de pas sur la terre battue. M'ma m'a expliqué que les deux coups de feu de la nuit avaient alarmé les djounoud. Quelques-uns, dans le quartier, avaient désigné notre maison, ils étaient venus s'enquérir de notre version. Les deux soldats avaient vaguement fouillé du regard la cour, accepté le café et interrogé ma mère sur sa vie et celle de son foyer. Je devinais donc la suite. M'ma avait fait son numéro, elle leur parla de Moussa avec tant d'effets qu'ils finirent par lui embrasser le front, tout en lui assurant que son fils était bel et bien vengé, ainsi que des millions d'autres tués par les Français, chaque été, à quatorze heures précisément. « Un Français a disparu la nuit dernière », lui dirent-ils cependant avant de partir. « Dis à ton fils de venir à la mairie, le colonel veut lui parler. On te le rendra. Juste quelques questions à lui poser. » M'ma interrompit alors son récit et me scruta : « Qu'est-ce que tu vas faire ? », semblaient demander ses petits yeux. Elle ajouta, en baissant la voix, qu'elle avait tout effacé, des traces de sang à l'arme du crime. Près du citronnier gisaient de larges bouses de vache… Il ne restait rien de cette nuit, ni sueur, ni poussière, ni écho. Le Français avait été effacé avec la même méticulosité que celle qui avait servi pour l'Arabe sur la plage, vingt ans plus tôt. Joseph était un Français, et des Français il en mourait un peu partout dans le pays à l'époque, autant que les Arabes d'ailleurs. Sept ans de guerre de Libération avaient transformé la plage de ton Meursault en un champ de bataille.

Pour ma part, je savais ce que me voulaient vraiment les nouveaux chefs de la terre. Même si je me rendais avec le cadavre du Français sur le dos, mon crime n'aurait pas été celui que l'œil voit, mais cet autre, celui que l'intuition devine : mon étrangeté. Déjà. J'ai décidé de ne pas y aller le jour même. Pourquoi ? Pas par courage, ni par calcul, mais seulement à cause de la torpeur dans laquelle je me trouvais. Dans l'après-midi, le ciel avait retrouvé une jouvence fabuleuse, je m'en souviens comme d'une date. Je me sentais léger, en équilibre avec les autres poids de mon cœur, serein et apte au désœuvrement. À égale distance entre la tombe de Moussa et celle de Joseph. Tu auras compris pourquoi. Une fourmi a couru sur ma main. J'étais presque abasourdi par l'idée de ma propre vie, sa preuve, sa température, contrastant avec la preuve de la mort, tout juste à deux mètres de moi, là, sous le citronnier. M'ma savait pourquoi elle avait tué et elle était la seule à le savoir ! Ni moi, ni Moussa, ni Joseph n'étions concernés par sa certitude. J'ai levé les yeux sur elle et je l'ai vue, balayant la cour, penchée sur le sol, discutant avec ses morts ou ses anciennes voisines logeant désormais dans sa tête. L'espace d'un instant, elle me fit pitié. L'engourdissement de mes bras devint un délice poignant et j'ai suivi le lent glissement des ombres sur le mur de notre cour. Puis je me suis rendormi.

J'ai donc dormi presque trois jours de suite, lourdement, avec des réveils qui me restituaient à peine mon propre prénom. Je restais là, immobile sur ma couche, sans idées ni projets, le corps neuf et ébloui. M'ma laissa faire, jouant le jeu de la patience. Chaque fois que j'y pense, je trouve étranges ces longs jours de sommeil, alors que dehors le pays était encore déchiré par la liesse de sa liberté. Des milliers de Meursault couraient dans tous les sens, des Arabes aussi. Cela ne signifiait rien pour moi. C'est par la suite, des semaines et des mois plus tard, que j'ai découvert peu à peu l'immensité de la ruine et de l'allégresse.

Ah, tu sais, moi qui pourtant ne me suis jamais soucié d'écrire un livre, je rêve d'en commettre un. Juste un ! Détrompe-toi, il ne s'agirait pas d'une contre-enquête sur le cas de ton Meursault, mais d'autre chose, de plus intime. Un grand traité de la digestion. Voilà ! Une sorte de livre culinaire qui mêle l'arôme et la métaphysique, la cuillère et les divinités, le peuple et le ventre. Le cru et le cuit. Quelqu'un m'a dit récemment que les livres qui se vendaient le mieux dans ce pays étaient les livres de cuisine. Moi je sais pourquoi. Alors que M'ma et moi on se réveillait de notre drame, titubants et enfin apaisés peut-être, le reste du pays mangeait, à pleine bouche, la terre et le reste du ciel et les maisons et les poteaux et les oiseaux et les espèces sans défense. J'ai l'impression que les miens ne mangent pas uniquement avec les mains mais avec tout le reste : les yeux, les pieds, la langue et la peau. Tout se mange, le pain, les sucres divers, les viandes venues de loin, les volailles et les herbes de toutes sortes. Mais cela a fini par lasser apparemment et n'a plus suffi. J'ai l'impression que ce peuple a besoin de quelque chose de plus grand pour faire contrepoids à l'abîme. Ma mère appelait cela « le serpent sans fin » et moi je pense que cela nous mènera vers la mort prématurée de tous ou le basculement dans le vide, du haut des bords de la terre. Tu vois, regarde bien cette ville et ces gens, là, autour de nous, et tu comprendras. Tout se mange déjà depuis des années. Le plâtre, les pierres rondes et bien polies qu'on retrouve en bord de mer, les restes de poteaux. Avec les années, la bête est devenue moins regardante et mange même les morceaux de trottoirs disponibles. Elle avance parfois jusqu'au seuil du désert – qui ne doit sa vie sauve qu'à sa fadeur, je crois. Les animaux n'existent plus depuis des années et ne sont plus que des images dans les livres. Il ne reste plus de forêts dans ce pays, rien. Les nids volumineux des cigognes eux aussi ont disparu, nids perchés sur le sommet des minarets et des dernières églises qu'adolescent je ne me lassais pas d'admirer. As-tu vu les paliers des immeubles, les logements vides, les murs, les vieilles caves à vin des colons, ces bâtisses délabrées ? C'est un repas. Je m'égare encore. Je voulais te parler du premier jour du monde et je me retrouve à parler du dernier…

Qu'est-ce qu'on disait ? Ah oui, le lendemain du crime. Je n'ai rien fait, donc. Comme je te l'ai dit, j'ai dormi pendant que ce peuple dévorait l'incroyable terre retrouvée. Ce furent des jours sans noms ni langage, je percevais les êtres et les arbres autrement, sous un angle inattendu, au-delà de leur dénomination usuelle, revenant à la sensation primitive. J'ai brièvement connu le génie de ton héros : déchirer la langue commune de tous les jours pour émerger dans l'envers du royaume, là où une langue plus bouleversante attend de raconter le monde autrement. C'est cela ! Si ton héros raconte si bien l'assassinat de mon frère, c'est qu'il avait atteint le territoire d'une langue inconnue, plus puissante dans son étreinte, sans merci pour tailler la pierre des mots, nue comme la géométrie euclidienne. Je crois que c'est cela le grand style finalement, parler avec la précision austère que vous imposent les derniers instants de votre vie. Imagine un homme qui se meurt et les mots qu'il prononce. C'est le génie de ton héros : décrire le monde comme s'il mourrait à tout instant, comme s'il devait choisir les mots avec l'économie de sa respiration. C'est un ascète.

Cinq jours plus tard, je me suis rendu à la convocation des nouveaux chefs de ce pays, à la mairie de Hadjout. Là, on m'arrêta avant de me jeter dans une pièce où se trouvaient déjà plusieurs personnes – quelques Arabes (de ceux qui n'avaient pas fait la révolution ou que la révolution n'avait pas tués sans doute), des Français pour la plupart ; je n'en connaissais aucun, même pas de vue. Quelqu'un me demanda en français ce que j'avais fait. J'ai répondu qu'on m'accusait d'avoir tué un Français, tous sont restés silencieux. Le soir est tombé. Toute la nuit, des punaises ont tourmenté mon sommeil, mais j'en avais un peu l'habitude. C'est un rayon de soleil, passant par la lucarne, qui m'a réveillé. J'entendais des bruits dans les couloirs, des pas, des ordres criés. On ne nous donna pas de café. J'ai attendu. Les Français dévisageaient les quelques Arabes présents ; ceux-ci les scrutaient en retour. Deux djounoud ont fini par arriver, ils m'ont désigné du menton et le gardien m'a saisi par le cou pour me tirer dehors. On me conduisit dans une jeep, apparemment, je devais être transféré à la gendarmerie, pour être isolé dans une cellule. Le drapeau algérien claquait dans le vent. Sur le trajet, j'ai aperçu ma mère sur le bas-côté de la route, enveloppée dans son haïk. Elle s'arrêta pour laisser passer le convoi. Je lui ai vaguement souri mais elle est restée de marbre. Elle nous a sans doute suivis du regard avant de se remettre à marcher. On me jeta dans une cellule, « j'avais un baquet d'aisances et une cuvette de fer ». La prison était située au centre du village, et, par une petite fenêtre, j'apercevais des cyprès dont le tronc était peint à la chaux. Un gardien est entré et m'a dit que j'avais de la visite. J'ai pensé que c'était ma mère et j'ai eu raison.

J'ai suivi le gardien taciturne sur toute la longueur d'un couloir interminable, et j'ai débouché sur une petite pièce. Deux djounoud étaient là, indifférents à nous. Ils semblaient fatigués, usés et tendus, les yeux un peu fous, comme à la recherche de cet ennemi invisible qu'ils avaient passé des années à guetter dans le maquis. Je me suis tourné vers ma mère, son visage était fermé mais serein. Elle était assise sur un banc en bois, raide et digne. La pièce où nous étions avait deux portes : celle par où j'étais entré et l'autre, donnant sur un second couloir. Là, je vis deux petites vieilles, des Françaises. La première était habillée tout en noir et avait les lèvres serrées. La seconde était une grosse femme à la chevelure broussailleuse, elle semblait très nerveuse. J'aperçus également, dans une autre pièce, vraisemblablement un bureau, des dossiers ouverts, des feuilles par terre et une vitre cassée. Tout était silencieux, un peu trop d'ailleurs, cela m'empêcha de trouver les mots. Je ne savais pas quoi dire. Je parle très peu à M'ma depuis toujours et nous n'étions pas habitués à voir autant de monde si près de nous, pendus à nos lèvres. Le seul qui s'était approché de notre couple, je l'avais tué. Ici, je n'avais pas d'arme. M'ma se pencha brusquement vers moi, j'eus un vif mouvement de recul, comme si on allait me frapper au visage ou me dévorer d'un coup. Elle parla très vite : « Je lui ai dit que tu étais mon seul fils et que tu ne pouvais pas rejoindre le maquis à cause de ça. » Elle se tut puis ajouta : « Je leur ai raconté que Moussa est mort. » Elle en parlait encore comme si cela datait d'hier ou que les dates étaient un détail. Elle m'expliqua qu'elle avait montré au colonel les deux morceaux de journaux où on racontait comment un Arabe avait été tué sur une plage. Le colonel avait hésité à la croire. Il n'y avait pas de nom et rien ne prouvait qu'elle était bien la mère du martyr ; était-ce seulement un martyr d'ailleurs, puisque cela s'était passé en 1942 ? Je lui ai dit : « C'est difficile à prouver. » La grosse Française semblait suivre notre conversation de loin avec une formidable concentration. Tout le monde écoutait, je crois. Il n'y avait rien d'autre à faire, il faut dire. On entendait les oiseaux dehors, des bruits de moteurs et d'arbres qui essayaient de s'enlacer sous le vent, mais cela n'était pas très intéressant. Je ne savais plus quoi ajouter. « Je n'ai pas pleuré comme les autres femmes. Il m'a cru à cause de ça, je crois », lâcha-t-elle dans un souffle, comme murmurant un secret. J'avais cependant compris ce qu'elle voulait me dire vraiment. C'était aussi la fin de la conversation.

J'ai eu l'impression que tous attendaient une sortie honorable, un signe, un claquement de doigts pour se réveiller ou clore l'entrevue sans paraître ridicule. Je sentais un poids immense sur mon dos. La rencontre d'une mère et d'un fils prisonnier se devait de finir en une tendre étreinte ou en pleurs. L'un d'entre nous aurait peut-être dû dire quelque chose… Mais il ne se passa rien et le temps sembla s'étirer sans fin. Puis nous avons entendu des pneus crisser. Ma mère s'est levée prestement, dans le couloir, la vieille aux lèvres serrées a amorcé un pas, un des soldats s'est approché de moi et a posé sa main sur mon épaule, l'autre a toussoté. Les deux Françaises fixaient le bout du couloir que moi je ne voyais pas, j'entendais seulement les pas résonner sur le sol. À mesure que les pas approchaient, je voyais les deux femmes blêmir, se ratatiner, se décomposer, tout en se lançant des regards paniqués. « C'est lui, il parle français », dit la plus grosse en me désignant. M'ma me chuchota : « Le colonel m'a cru. Quand tu sortiras, je te marierai. » Je ne m'attendais pas à cette promesse. Mais je compris ce qu'elle voulait me dire par là. Puis je fus reconduit dans ma cellule. Là, je me suis assis et j'ai regardé les cyprès. Toutes sortes d'idées s'entrechoquaient dans ma tête, mais je me sentais calme et je me suis rappelé Bab-el-Oued, nos errances à M'ma et moi, notre arrivée ici, dans cette bourgade, la lumière, le ciel, les nids de cigognes. À Hadjout, j'ai appris à chasser les oiseaux, mais avec les années, cela ne m'a plus amusé. Pourquoi je n'ai jamais pris les armes et le chemin du maquis ? Oui c'était ce qu'il fallait faire à cette époque quand on était jeune et qu'on ne pouvait pas aller se baigner. J'avais vingt-sept ans et dans le village, personne ne comprenait pourquoi j'avais traîné dans les parages au lieu de prendre le maquis, avec « les frères ». Depuis toujours on se moquait de moi, depuis notre arrivée à Hadjout. On me croyait malade, dépourvu d'un sexe d'homme ou prisonnier de cette femme qui se disait ma mère. À quinze ans, il a fallu que je tue un chien de mes propres mains, en m'aidant d'une lame fabriquée avec le couvercle d'une boîte de sardines, pour que les garçons de mon âge cessent de se moquer de moi, de me traiter de lâche, de femmelette. Un jour, un homme qui me regardait jouer au ballon dans la rue, avec d'autres gamins, me lança : « Tes deux jambes ne sont pas jumelles ! » Je suis allé à l'école sur l'insistance de ma mère et je suis très vite arrivé à lui lire les fragments de journaux qu'elle collectionnait et qui racontaient comment on avait tué Moussa, mais sans jamais donner son nom, son quartier ou son âge, pas même les initiales de son nom. La vérité est que nous avions commencé la guerre plus tôt que le peuple en quelque sorte. J'ai tué un Français en juillet 1962 certes, mais dans la famille, nous avions connu la mort, le martyr, l'exil, la fuite, la faim, le chagrin et la demande de justice à l'époque où les chefs de guerre du pays jouaient encore aux billes et portaient des paniers dans les marchés d'Alger.

À vingt-sept ans donc, j'étais une sorte d'anomalie. Je devais en répondre tôt ou tard. Ce fut devant un officier de l'armée de Libération. Le temps passa dans le ciel que j'apercevais depuis la fenêtre, il passa dans la couleur des arbres devenus sombres et murmurants. Le gardien m'a apporté à manger, je l'ai remercié puis j'ai pensé que j'aurai encore du plaisir à dormir. Je me sentais profondément libre dans la cellule, sans M'ma ni Moussa. Avant de me laisser seul, le gardien s'était retourné et m'avait lancé : « Pourquoi tu n'as pas aidé les frères ? » Il me l'avait dit sans méchanceté, avec douceur même, et une certaine curiosité. Je n'étais pas un collaborateur des colons et tous le savaient dans le village, mais je n'étais pas non plus un moudjahid et cela en incommodait beaucoup, que je sois assis là, au milieu, dans cet entre-deux, comme si je faisais une sieste sur une plage, sous un rocher ou que j'embrassais les seins d'une belle jeune femme pendant que ma mère se faisait violer ou voler. « Ils vont te le demander », avait-il lâché avant de refermer la porte. Je savais de qui il parlait. Plus tard, j'ai dormi, mais avant, j'ai écouté. C'est tout ce que j'avais à faire, je n'étais pas fumeur et cela ne m'a pas gêné qu'on retire leurs lacets à mes chaussures, qu'on m'enlève ma ceinture et tout ce que j'avais en poche. Je ne voulais pas tuer le temps. Je n'aime pas cette expression. J'aime le regarder, le suivre des yeux, lui prendre ce que je peux. Pour une fois qu'un cadavre n'était pas sur mes épaules ! J'ai décidé de jouir de mon désœuvrement. Est-ce que j'ai pensé au pire pour le lendemain ? Sans doute un peu, mais sans m'y attarder. La mort, j'en avais une curieuse habitude. Je pouvais passer de vie à trépas et de l'au-delà au soleil en changeant seulement de prénom : moi Haroun, Moussa, Meursault ou Joseph. Selon les envies, presque. La mort, aux premiers jours de l'Indépendance, était aussi gratuite, absurde et inattendue qu'elle l'avait été sur une plage ensoleillée de 1942. On pouvait m'accuser de n'importe quoi, aussi bien me fusiller pour l'exemple que me libérer avec un coup de pied aux fesses, je le savais. Le soir vint alors avec une poignée d'étoiles et l'obscurité creusa ma cellule, elle brouilla la limite des murs, apporta une douce odeur d'herbe. On était encore en été et, dans le noir, je finis par apercevoir un bout de la lune qui, lentement, glissa vers moi. J'ai dormi encore, très longtemps, pendant que des arbres que je ne voyais pas essayaient de marcher, en remuant lourdement leurs grosses branches tentant de desceller leurs troncs noirs et odorants. J'avais l'oreille collée au sol de leur lutte.

CHAPITRE XI

On m'a interrogé plusieurs fois. Mais il s'agissait d'interrogatoires d'identité qui n'ont jamais duré très longtemps.

À la gendarmerie, personne ne semblait s'intéresser à mon cas. Un officier de l'armée de Libération a quand même fini par me recevoir. Il m'a posé quelques questions en me regardant avec curiosité ; nom, adresse, profession, date et lieu de naissance. J'ai répondu poliment. Il se tut un moment, sembla chercher quelque chose dans un cahier, puis me fixa à nouveau, cette fois avec dureté : « Connais-tu M. Larquais ? » Je n'ai pas voulu mentir, je n'avais pas besoin de le faire. Je savais que je n'étais pas là pour avoir commis un meurtre mais pour ne pas l'avoir fait au bon moment. Je te le résume ainsi pour que tu puisses mieux comprendre. J'ai rusé : « Certains le connaissaient, je crois. » L'homme était jeune mais la guerre l'avait vieilli – de manière inégale, si je puis dire. Son visage, tendu par la sévérité, était ridé par endroits, je devinais des muscles vigoureux sous sa chemise et il avait ce hâle que donne le soleil à ceux qui ont seulement des trous et le maquis pour se planquer. Il sourit, il avait compris que je me dérobais. « Je ne te demande pas la vérité. Personne n'en a besoin ici. S'il s'avère que tu l'as tué, tu paieras. »

Il éclata de rire. Un gros rire puissant, tonitruant, invraisemblable. « Qui aurait cru que j'aurais à juger un Algérien pour le meurtre d'un Français ! », dit-il, en s'esclaffant. Il avait raison. Je le savais bien, je n'étais pas ici pour avoir tué Joseph Larquais – quand bien même Joseph Larquais en personne venait le déclarer ici, flanqué de deux témoins, les deux balles que je lui avais tirées dans le corps brandies au creux de sa paume, et sa chemise roulée sous l'aisselle. J'étais là pour l'avoir tué tout seul, et pas pour les bonnes raisons. « Tu comprends ? », me dit l'officier. J'ai répondu que oui.

On me ramena à ma cellule, le temps que l'officier déjeune. J'ai attendu sans rien faire. J'étais assis et je ne pensais pas à grand-chose. J'avais une jambe comme posée dans une flaque de soleil. Tout le ciel tenait dans la lucarne. Me parvenaient la rumeur des arbres et de lointaines conversations. Je me suis demandé ce que faisait M'ma. Elle devait sûrement balayer la cour en conversant avec tous les siens. À quatorze heures, la porte s'ouvrit et je refis le chemin vers le bureau du colonel. Il m'attendait, tranquillement assis sous un immense drapeau algérien tendu au mur. Un revolver était posé sur un coin de son bureau. On me fit asseoir sur une chaise et je restai immobile. L'officier ne dit rien, il laissa s'installer un silence pesant. Je suppose qu'il voulait agir sur mes nerfs, me déstabiliser. J'ai souri, car c'était un peu la technique de M'ma quand elle voulait me punir. « Tu as vingt-sept ans », commença-t-il, puis il se pencha vers moi, les yeux en feu, pointant un index accusateur. Il hurla : « Alors pourquoi n'as-tu pas pris les armes pour libérer ton pays ? Réponds ! Pourquoi ?! » Je trouvais ses traits vaguement comiques. Il s'est levé, a ouvert brutalement un tiroir, en a tiré un petit drapeau algérien, qu'il est venu agiter sous mon nez. Et d'une voix menaçante, un peu nasillarde, il m'a dit : « Est-ce que tu le connais, celui-là ? » J'ai répondu : « Oui, naturellement. » Alors il est parti dans une envolée patriotique, réitérant sa foi en son pays indépendant et au sacrifice du million et demi de martyrs. « Le Français, il fallait le tuer avec nous, pendant la guerre, pas cette semaine ! » J'ai répondu que cela ne changeait pas grand-chose. Interloqué sans doute, il se tut avant de rugir : « Cela change tout ! » Il avait le regard mauvais. J'ai demandé ce que ça changeait. Il se mit à bégayer qu'il y avait une différence entre tuer et faire la guerre, qu'on n'était pas des assassins mais des libérateurs, que personne ne m'avait donné l'ordre de tuer ce Français et qu'il aurait fallu le faire *avant*. « Avant quoi ? », ai-je demandé. « Avant le 5 juillet ! Oui, avant, pas après, bon sang ! » Quelques coups secs à la porte, un soldat entra et déposa une enveloppe sur le bureau. Cette interruption sembla exaspérer le colonel. Le soldat me jeta un bref coup d'œil puis se retira. « Alors ? », me demanda l'officier. J'ai répondu que je ne comprenais pas, et je lui ai demandé : « Si j'ai tué M. Larquais le 5 juillet à deux heures du matin, est-ce qu'on doit dire que c'était encore la guerre ou déjà l'Indépendance. *Avant* ou *après* ? » L'officier bondit tel un diable de sa boîte, déploya un bras dont la longueur m'étonna et m'asséna une gifle monumentale. J'ai senti ma joue glacée, puis en feu, et mes yeux se sont involontairement humidifiés. J'ai dû me redresser. Ensuite, il ne se passa rien. Nous sommes restés tous les deux face à face. Le colonel avec son bras qui retrouvait lentement sa place vers son buste, et moi qui tâtais ma joue, de l'intérieur, avec ma langue. Je me suis senti bête. On entendit une voix dans le couloir, l'officier en profita pour briser le silence : « C'est vrai que ton frère a été tué par un Français ? » J'ai répondu que oui, mais que c'était avant le déclenchement de la révolution. Le colonel parut soudain très las. « Il aurait tout simplement fallu le faire avant », murmura-t-il, presque pensivement. « Il y a des règles à respecter », ajouta-t-il, comme pour se convaincre du bien-fondé de son raisonnement. Il me demanda de lui repréciser mon activité professionnelle. « Fonctionnaire à l'Inspection des domaines », lui dis-je. « Un métier utile pour la nation », marmonna-t-il comme pour lui-même. Ensuite, il me pria de lui raconter l'histoire de Moussa, mais il semblait songer à autre chose. Je lui ai dit ce que je savais, c'est-à-dire très peu de choses. L'officier m'écouta distraitement, et conclut que mon récit était un peu léger, voire invraisemblable. « Ton frère est un martyr, mais toi, je ne sais pas… » J'ai trouvé sa formule d'une incroyable profondeur.

On lui apporta un café et il me congédia. « On sait tout de toi, de toi et de tous les autres. Ne l'oublie pas », me lança-t-il avant que je quitte la pièce. Je n'ai pas su quoi répondre alors je me suis tu. De retour dans ma cellule, j'ai commencé à ressentir l'ennui. Je savais que j'allais être libéré et cela a refroidi l'étrange ardeur qui bouillonnait en moi. Les murs ont semblé se rapprocher, la lucarne se rétrécir, tous mes sens se sont affolés. La nuit allait être mauvaise, terne, étouffante. J'ai essayé de penser à des choses agréables comme aux nids de cigognes, mais rien n'y a fait. On allait me libérer sans explication, alors que je voulais être condamné. Je voulais qu'on me débarrasse de cette ombre pesante qui transformait ma vie en ténèbres. Il y avait même quelque chose d'injuste à me relâcher ainsi, sans m'expliquer si j'étais un criminel, un assassin, un mort, une victime, ou simplement un idiot indiscipliné. Je trouvais presque insultante la légèreté avec laquelle on considérait mon crime. J'avais tué et cela me donnait un vertige incroyable. Or personne n'y trouvait fondamentalement à redire. Seul l'horaire semblait poser un vague problème. Quelle négligence, quelle désinvolture ! Ne se rendaient-ils pas compte qu'ainsi ils disqualifiaient mon acte, l'anéantissaient ?! La gratuité de la mort de Moussa était inadmissible. Or ma vengeance venait d'être frappée de la même nullité !

Le lendemain, on me relâcha, sans un mot, à l'aube, ce moment que choisissent souvent les soldats pour prendre une décision. Dans mon dos, des djounoud soupçonneux murmuraient encore, comme s'ils étaient au maquis alors que le pays leur appartenait déjà. De jeunes paysans venus des montagnes et qui avaient l'œil dur. Je crois que le colonel avait décidé que je devais vivre la honte de ma lâcheté supposée. Il croyait que j'allais en souffrir. Il se trompait, bien sûr.

Ha, ha ! J'en ris jusqu'à aujourd'hui. Il s'est fourré le doigt dans l'œil jusqu'au coude…

Au fait, sais-tu pourquoi M'ma a choisi Joseph Larquais comme sacrifié – car on peut dire qu'elle l'a choisi, oui, même si c'est lui qui est venu à nous ce soir-là ? C'est à peine vraisemblable, je te le jure. Elle me l'a raconté le lendemain du crime, tandis que je dormais à moitié, entre deux siestes oublieuses. Eh bien, ce roumi devait être puni, selon M'ma, parce qu'il adorait se baigner à Tipasa – là où ton écrivain aimait tant se promener ! Il en revenait bronzé, insouciant, heureux et libre. Bonheur qu'il exhibait une fois de retour à Hadjout, lorsqu'il rendait visite aux Larquais, et que M'ma, tout en s'affairant à ses tâches ménagères, ne manquait pas de trouver scandaleux… « Je ne suis pas instruite, mais je comprends tout. Je le savais ! », avait-elle lancé. *Je le savais*. Quoi donc exactement ? Dieu seul le sait, l'ami. Incroyable quand même, non ?! Il est mort parce qu'il aimait la mer et en revenait chaque fois trop vivant, selon M'ma. Une vraie folle ! Et cette histoire n'est pas inventée par le vin qu'on partage, je te le jure. À moins que j'aie rêvé cette confession, pendant ces longues heures de sommeil abruti qui ont suivi mon crime. Peut-être, après tout. Mais tout de même, je ne peux pas croire qu'elle ait tout inventé. Elle savait presque tout de lui. Son âge, son appétit pour les seins des jeunes filles, son métier à Hadjout, ses liens avec la famille Larquais qui, du reste, ne semblait pas beaucoup l'apprécier. « Les Larquais disaient que c'était un homme égoïste et sans racine, qui ne se souciait de personne. Un jour, alors que leur voiture était en panne et qu'ils étaient sur la route à attendre de l'aide, il les a croisés, et tu sais ce qu'il a fait ? Il a fait semblant de ne pas les voir et a continué sa route. Comme s'il avait rendez-vous avec Dieu. C'est ce que m'a dit Mme Larquais ! » Je ne me souviens pas de tout, mais je t'assure qu'elle aurait pu écrire un livre entier sur ce roumi. « Jamais je ne lui ai servi quoi que ce soit. Il me détestait. » Pauvre gars. Le pauvre Joseph est tombé dans un puits en atterrissant chez nous, cette nuit-là. Quelle histoire de fous. Que de morts gratuites. Comment prendre la vie au sérieux ensuite ? Tout semble gratuit dans ma vie. Même toi avec tes cahiers, tes notes et tes bouquins.

*

Allez, va, je vois bien que tu en meurs d'envie, appelle-le, dis au fantôme de nous rejoindre, je n'ai plus rien à cacher.

CHAPITRE XII

L'amour est inexplicable pour moi. Je regarde toujours avec étonnement le couple, sa cadence toujours lente, son tâtonnement insistant, sa nourriture qui devient amalgame, sa façon de se saisir par la paume et le regard à la fois, par tous les bords pour mieux se confondre. Je n'arrive pas à comprendre la nécessité de cette main qui en tient une autre, qui ne veut pas la lâcher, pour donner un visage au cœur d'autrui. Comment font les gens qui s'aiment ? Comment se supportent-ils ? Qu'est-ce qui semble leur faire oublier qu'ils sont nés seuls et mourront séparés ? J'ai lu beaucoup de livres et l'amour me paraît un accommodement, certainement pas un mystère. Il me semble que ce que d'aucuns éprouvent par l'amour, eh bien moi, je l'éprouve plutôt par la mort : la sensation de la précarité et de l'absolu de toute vie, le battement du cœur, la détresse devant un corps aveugle. La mort – quand je l'ai reçue, quand je l'ai donnée – est pour moi le seul mystère. Tout le reste n'est que rituels, habitudes et complicités douteuses.

En vérité, l'amour est comme une bête céleste qui me fait peur. Je le vois dévorer les gens deux par deux, les fasciner par l'appât de l'éternité, les enfermer dans une sorte de cocon puis les aspirer vers le ciel pour en rejeter la carcasse vers le sol comme une épluchure. Vois-tu ce que deviennent les gens quand ils se désunissent ? Des griffures sur une porte fermée. Veux-tu un autre vin ? Oran ! On est au pays de la vigne ici, c'est la dernière région où tu en trouveras. On les a arrachées partout ailleurs. Le serveur parle mal l'oranais, mais il s'est habitué à moi. C'est une force de la nature qui se contente de grogner quand il vous sert. Je vais lui faire signe.

Meriem. Oui. Il y a eu Meriem. C'était en 1963, l'été. Bien sûr que je me plaisais avec elle, bien sûr que, depuis le fond de mon puits, j'aimais son visage surgissant dans le cercle du ciel. Je sais que si Moussa ne m'avait pas tué – en réalité : Moussa, M'ma et ton héros réunis, ce sont eux mes meurtriers – j'aurais pu mieux vivre, en concordance avec ma langue et un petit bout de terre quelque part dans ce pays, mais tel n'était pas mon destin. Meriem était dans la vie, elle. Tu nous imagines un peu ? Moi lui tenant la main, Moussa me tenant l'autre, M'ma juchée sur mon dos, et ton héros traînant sur toutes les plages où nous aurions pu fêter nos noces. Une famille entière déjà agglutinée à Meriem.

Dieu, qu'elle était belle avec son sourire de lumière et ses cheveux courts ! Cela me tordait le cœur d'être seulement son ombre et pas son reflet. Tu sais, la mort de Moussa et le deuil vivant qu'il m'imposa ont, très tôt, altéré mon sens de la propriété. Un étranger ne possède rien – j'en étais un. Je n'ai jamais rien tenu longtemps entre les mains, j'en éprouve de la répugnance, j'ai la sensation de pesanteur excessive. Meriem. Un beau prénom n'est-ce pas ? Je n'ai pas su la garder.

Regarde bien cette ville, on dirait une sorte d'enfer croulant et inefficace. Elle est construite en cercles. Au milieu, le noyau dur : les frontons espagnols, les murs ottomans, les immeubles bâtis par les colons, les administrations et les routes construites à l'Indépendance ; ensuite, les tours du pétrole et leur architecture de relogements en vrac ; enfin, les bidonvilles. Au-delà ? Moi j'imagine le purgatoire. Les millions de gens morts dans ce pays, pour ce pays, à cause de lui, contre lui, en essayant d'en partir ou d'y venir. J'ai une vision de névrosé, je te l'accorde... Il me semble parfois que les nouveau-nés sont les morts d'autrefois qui, tels des revenants, sont venus réclamer leur dû.

*

Il refuse de te répondre ou quoi ? Eh bien trouve la bonne formule, je ne sais pas, moi. Ne te laisse pas intimider par ses coupures de journaux et son front de philosophe. Insiste. Tu as bien su t'y prendre avec moi, non ?

CHAPITRE XIII

Bon, j'aurais préféré te raconter les choses dans l'ordre. Ç'aurait été mieux pour ton futur livre, mais tant pis, tu sauras t'y retrouver.

J'ai été scolarisé dans les années 1950. Un peu tard donc. J'avais déjà une tête de plus que les autres gamins quand j'ai été admis. C'est un prêtre – et M. Larquais aussi – qui a insisté auprès de M'ma pour que j'intègre l'école de Hadjout. Je n'oublierai jamais le premier jour, et tu sais pourquoi ? À cause des chaussures. Je n'en avais pas. Les premiers jours de classe, je portais un tarbouche et un pantalon arabe… et j'avais les pieds nus. On était deux Arabes et on était pieds nus. De quoi me faire rire encore aujourd'hui. L'instituteur – et de cela je lui suis reconnaissant jusqu'à maintenant – faisait semblant de rien. Il inspectait nos ongles, nos mains, nos cahiers, nos vêtements et évitait d'évoquer nos pieds. On m'avait donné le surnom d'un chef indien dont on avait raconté l'histoire dans un film de l'époque, « Sitting Bull ». Parce que j'étais assis la plupart de temps à rêver d'un pays où l'on pouvait marcher sur ses mains. J'étais brillant. La langue française me fascinait comme une énigme au-delà de laquelle résidait la solution aux dissonances de mon monde. Je voulais le traduire à M'ma, mon monde, et le rendre moins injuste en quelque sorte.

Je n'ai pas appris à lire pour pouvoir parler comme les autres, mais pour retrouver un assassin, sans me l'avouer au départ. Au début, je pouvais à peine déchiffrer les deux coupures de journaux que M'ma gardait religieusement pliées dans sa poitrine et qui racontaient le meurtre de « l'Arabe ». Plus je gagnai en assurance dans ma lecture, plus je pris l'habitude de transformer le contenu de l'article et me mis à enjoliver le récit de la mort de Moussa. M'ma, régulièrement, me les tendaient : « Lis donc voir à nouveau, regarde s'ils ne disent pas autre chose que tu n'aies pas compris. » Cela a duré presque dix ans, cette histoire. Je le sais parce que je connais les deux textes par cœur. On y retrouvait Moussa sous la forme de deux initiales maigres, puis le journaliste s'était fendu de quelques lignes sur le criminel et les circonstances du meurtre. Tu devines donc tout le génie qu'il a fallu pour transformer un fait divers de deux paragraphes en une tragédie décrivant la scène et la fameuse plage, grain par grain. J'en ai toujours détesté la brièveté insultante – comment pouvait-il être possible qu'on accordât si peu d'importance à un mort ? Que te dire de plus ? Ton héros s'est amusé d'une coupure de journal retrouvée dans sa cellule, moi je les avais sous le nez à chaque crise de M'ma.

Ah la plaisanterie ! Tu comprends maintenant ? Tu comprends pourquoi j'ai ri la première fois que j'ai lu le livre de ton héros ? Moi qui m'attendais à retrouver dans cette histoire les derniers mots de mon frère, la description de son souffle, ses répliques face à l'assassin, ses traces et son visage, je n'y ai lu que deux lignes sur un Arabe. Le mot

« Arabe » y est cité vingt-cinq fois et pas un seul prénom, pas une seule fois. La première fois que M'ma m'a vu enrouler l'alphabet de mes premières lettres sur mon cahier de nouvel écolier, elle m'a tendu les deux bouts de journaux et m'a sommé de lire. Je n'ai pas pu, pas su. « C'est ton frère ! », m'a-t-elle lancé sur un ton de reproche, comme si j'aurais dû reconnaître un cadavre dans une morgue. Je me suis tu. Qu'ajouter à cela ? Je devinais, du coup, ce qu'elle attendait de moi. Faire vivre Moussa après avoir été mort, à sa place. Beau résumé n'est-ce pas ? Avec deux paragraphes, il fallait retrouver un corps, des alibis, des accusations. C'était une façon de reprendre l'enquête de M'ma à la recherche de *Zoudj*, mon jumeau. Cela a mené à une sorte de livre étrange – que j'aurais peut-être dû écrire d'ailleurs, si j'avais eu le don de ton héros : une contre-enquête. J'ai mis tout ce que je pouvais entre les lignes de ces brèves de journal, j'ai gonflé leur volume jusqu'à en faire un cosmos. M'ma a eu droit à toute la reconstitution imaginaire du crime, la couleur du ciel, les circonstances, les répliques entre la victime et son assassin, l'atmosphère du tribunal, les hypothèses des policiers, les ruses du maquereau et des autres témoins, le plaidoyer des avocats… Enfin, j'en parle ainsi, mais à l'époque, c'était un désordre indescriptible, une sorte de *Mille et une Nuits* du mensonge et de l'infamie. J'en ai parfois éprouvé de la culpabilité, de la fierté le plus souvent. Je donnais à ma mère ce qu'elle avait cherché vainement dans les cimetières et les quartiers européens d'Alger. Cette histoire de livre imaginaire pour une vieille femme sans mots a duré longtemps. C'était des cycles, comprends-moi bien. Nous n'en parlions plus pendant des mois mais soudain, elle commençait à s'agiter, à marmonner, et finissait par se planter devant moi en me brandissant les deux bouts de papier tout fripés. Parfois, je me sentais comme un médium ridicule entre M'ma et un livre fantôme auquel elle posait des questions et dont je devais traduire les réponses.

Mon apprentissage de la langue sera ainsi marqué par la mort. Je lisais, bien sûr, d'autres livres, d'histoire, de géographie, mais tout devait être rapporté à notre histoire familiale, au meurtre commis sur mon frère et à cette plage maudite. Ce jeu de dupes ne cessa que vers les derniers mois précédant l'Indépendance, lorsque ma mère devina peut-être les pas fous de Joseph, encore vivant, rôdant à Hadjout autour de sa propre tombe avec ses sandales de plage. J'avais épuisé toutes les ressources de la langue et de mon imagination. Nous n'avions plus d'autre choix que d'attendre. Que quelque chose d'autre survienne. Attendre cette fameuse nuit où un Français terrorisé a échoué dans notre cour obscure. Oui, j'ai tué Joseph parce qu'il fallait faire contrepoids à l'absurde de notre situation. Que sont devenus ces deux morceaux de journaux ? Va savoir. Effrités, dissous à force d'avoir été pliés et repliés. Ou alors M'ma a peut-être fini par les jeter. J'aurais été bien inspiré d'écrire tout ce que j'avais inventé alors, mais je n'en avais pas les moyens et je ne savais pas que le crime pouvait devenir un livre et la victime un simple rebondissement de lumière vive. Est-ce ma faute ?

Tu devines donc l'effet que ça nous a fait, quand, un jour, une jeune femme aux cheveux châtains très courts a frappé à notre porte en posant une question que personne n'avait jamais posée : « Êtes-vous de la famille de Moussa Ould el-Assasse ? » C'était un lundi du mois de mars 1963. Le pays était en liesse, mais une sorte de peur régnait en filigrane, car la bête qui s'était nourrie de sept ans de guerre était devenue vorace et refusait de rentrer sous terre. Entre les chefs de guerre vainqueurs, une sourde lutte de pouvoir faisait rage.

« Êtes-vous de la famille de Moussa Ould el-Assasse ? »

Meriem

Je me répète parfois cette phrase pour essayer de retrouver le ton enjoué qu'elle avait – très poli, bienveillant, comme une lumineuse preuve d'innocence.

C'était ma mère qui avait ouvert la porte – je n'étais pas très loin, allongé dans un coin de la cour, j'avais eu la flemme de me lever –, et j'ai entendu, surpris, cette voix claire de femme. Personne n'était jamais venu nous rendre visite. Notre couple à M'ma et moi dissuadait toute sociabilité, et puis on m'évitait moi particulièrement. Célibataire, sombre et mutique, j'étais perçu comme un lâche. Je n'avais pas fait la guerre et on s'en souvenait avec rancune et ténacité. Le plus étrange cependant, ce fut d'entendre prononcer le nom de Moussa par une autre personne que ma mère – moi je disais « lui ». Les deux morceaux de journaux faisaient référence à lui avec seulement ses initiales – ou même pas, je ne sais plus. J'ai donc entendu M'ma répondre « Qui ? », puis écouter une longue explication dont l'essentiel m'échappa. « Dites ça plutôt à mon fils », a répondu M'ma et elle l'a invitée à entrer. Il a bien fallu que je me redresse et que je la regarde enfin. Et je l'ai vue, cette petite femme frêle aux yeux vert sombre, soleil candide et incandescent. Sa beauté me fit mal au cœur. J'ai senti ma poitrine se creuser. Jusque-là, je n'avais jamais regardé une femme comme une possibilité de la vie. J'avais trop à faire à m'extraire du ventre de M'ma, à enterrer des morts et à tuer des fuyards. Tu vois un peu. On vivait en reclus, je m'y étais habitué. Tout d'un coup surgit cette jeune femme, sur le point de tout ravir, tout, ma vie, notre monde à M'ma et moi. J'ai eu honte, j'ai pris peur. « Je m'appelle Meriem. » M'ma l'avait fait asseoir sur un tabouret, sa jupe remontait doucement, j'essayais de ne pas regarder ses jambes, elle m'expliqua, en français, qu'elle était enseignante et qu'elle travaillait sur un livre qui racontait l'histoire de mon frère, le livre était écrit par l'assassin.

On était là, dans la cour, M'ma et moi, interdits, essayant de comprendre ce qui était en train d'arriver. Moussa ressuscitait en quelque sorte, remuait sa tombe et nous obligeait, encore, à éprouver le lourd chagrin qu'il nous avait légué. Meriem a senti notre confusion, elle reprit ses explications lentement, avec douceur et aussi comme une certaine prudence. Elle s'adressait tour à tour à M'ma, puis à moi, comme on murmure à des convalescents. Nous sommes restés silencieux, mais j'ai fini par sortir de mon engourdissement, et je lui ai posé quelques questions qui cachaient mal mon trouble.

En fait, je crois que c'est un peu comme si une sixième et dernière balle venait de crever encore une fois la peau de mon frère. Ainsi, Moussa, mon frère, est mort trois fois de suite. La première fois à quatorze heures, le « jour de la plage » ; la deuxième, quand il a fallu lui creuser une tombe vide ; la troisième enfin quand Meriem est entrée dans notre vie.

Je me souviens vaguement de la scène : M'ma soudain aux aguets, les yeux fous et fixes, allant et venant sous prétexte de refaire du thé, d'aller chercher du sucre, l'ombre progressant sur les murs, l'embarras de Meriem. « J'ai eu l'impression qu'avec mon récit et mes questions, j'interrompais un enterrement… », me confia-t-elle plus tard, quand nous avons commencé à nous fréquenter – en cachette de M'ma bien sûr. Avant de partir, et alors que nous étions seuls, elle avait sorti de son cartable le fameux livre, le même que celui que tu gardes bien sagement dans ta serviette. Pour elle, il s'agissait d'une histoire très simple. Un auteur célèbre avait tué un Arabe et en avait fait un livre bouleversant – « comme un soleil dans une boîte », je me souviens de sa formule. Intriguée par l'identité de l'Arabe, elle avait décidé de mener sa propre enquête et, à force de pugnacité, avait fini par remonter notre piste. « Des mois et des mois à frapper aux portes et à interroger toutes sortes de gens, uniquement pour vous trouver… », m'a-t-elle dit dans un sourire désarmant. Et elle m'a donné rendez-vous pour le lendemain, à la gare.

J'en suis tombé amoureux dès la première seconde et je l'ai haïe tout aussitôt, d'être ainsi venue dans mon monde, sur les traces d'un mort, rompre mon équilibre. Bon Dieu, j'étais maudit !

CHAPITRE XIV

Meriem, sur ce ton lent et doux qui nous avait comme hypnotisés, nous avait donc expliqué qu'il lui avait fallu des mois pour retrouver notre trace à partir de Bab-el-Oued où presque personne ne se souvenait de nous. Elle préparait une thèse – comme toi du reste – sur ton héros et ce livre étrange où il raconte un meurtre avec le génie d'un mathématicien penché sur une feuille morte. Elle voulait retrouver la famille de l'Arabe, c'est ce qui l'avait conduite à nous, après une longue enquête derrière les montagnes, au pays des vivants.

Puis, guidée par je ne sais quel instinct, elle avait attendu que M'ma nous laisse quelques minutes pour me montrer le livre. Il avait un format assez petit. Une aquarelle était reproduite sur la couverture, représentant un homme en costume, les mains dans les poches, tournant à moitié le dos à la mer, située à l'arrière-plan. Des couleurs pâles, des pastels indécis. C'est ce dont je me souviens. Le titre en était *L'Étranger*, le nom de l'assassin était écrit en lettres noires et strictes, en haut à droite : Albert Meursault. Mais j'étais distrait, troublé par la proximité de cette femme. Je me suis aventuré à regarder ses cheveux, ses mains, et son cou pendant qu'elle échangeait des politesses avec M'ma, revenue de la cuisine. Depuis, j'aime, je crois, observer les femmes de dos, la promesse du visage dérobé et le début du corps qui vous échappe. Je me suis même surpris, moi qui n'y connaissais rien, à chercher un nom imaginaire à son parfum. J'ai tout de suite remarqué son intelligence vive et pénétrante mêlée à une sorte d'innocence. Elle était née, elle me l'apprit plus tard, à Constantine, à l'est. Elle revendiquait le statut de « femme libre » – affirmation accompagnée d'un regard de défi, et qui en disait long sur sa résistance au conservatisme familial.

Oui, bon, je m'égare à nouveau. Tu veux que je te parle du livre, de ma réaction quand je l'ai vu ? À vrai dire, je ne sais plus par quel bout te raconter cet épisode. Meriem est repartie avec son odeur, sa nuque, sa grâce, son sourire, et je pensais déjà au lendemain. M'ma et moi étions hébétés. Nous venions de découvrir, en vrac, les dernières traces de pas de Moussa, le nom jamais connu de son meurtrier et son destin exceptionnel d'écrivain célèbre. « Tout était écrit ! », lança M'ma et je fus surpris par la justesse involontaire de son propos. *Écrit* oui, mais sous la forme d'un livre, pas par un dieu quelconque. A-t-on éprouvé de la honte pour notre bêtise ? A-t-on retenu une irrépressible envie de fou rire, nous, couple ridicule posté dans les coulisses d'un chef-d'œuvre dont nous ne connaissions pas l'existence ? Le monde entier connaissait l'assassin, son visage, son fameux regard, son manteau noir et sa cigarette, sauf… nous deux ! La mère de l'Arabe et son fils, minable fonctionnaire à l'Inspection des domaines. Deux pauvres bougres d'indigènes qui n'avaient rien lu et avaient tout subi. Comme des ânes. Nous avons passé la nuit à nous éviter du regard. Dieu que c'était pénible de se découvrir idiots ! La nuit fut longue. M'ma maudit la jeune femme, puis finit par se taire. Moi, je pensais à ses seins et à ses lèvres bougeant comme un fruit vivant. Le lendemain matin, M'ma me secoua brutalement, et, se penchant sur moi comme une vieille sorcière menaçante, elle m'ordonna : « Si elle revient, n'ouvre pas la porte ! » Je l'avais vue venir et je savais pourquoi. Mais j'avais préparé ma riposte, moi aussi.

Tu devineras, mon cher, que je n'en fis rien évidemment. Je suis sorti tôt, sans m'attarder à prendre le café habituel. Comme convenu, j'ai attendu Meriem à la gare de Hadjout, et lorsque je l'ai aperçue dans le bus d'Alger, j'ai senti un trou dans mon cœur. Déjà sa présence ne suffisait pas à combler ce qui se creusait en moi. Nous nous retrouvâmes l'un en face de l'autre, je me sentais lourdaud et maladroit. Elle me sourit, d'abord avec les yeux, puis de sa large bouche radieuse. J'ai balbutié que je voulais en savoir plus sur le livre et nous nous sommes mis à marcher.

Et cela a duré des semaines, des mois, des siècles.

Tu l'as compris, j'allais connaître ce que la vigilance de M'ma avait toujours réussi à neutraliser : l'incandescence, le désir, la rêverie, l'attente, l'affolement des sens. Dans les livres français d'autrefois, on appelle ça le *tourment*. Je ne saurais te décrire ces forces qui vous prennent le corps tandis que naît l'amour. Le mot chez moi est flou et imprécis. C'est un mille-pattes myope qui rampe sur le dos de quelque chose d'immense. Le prétexte était bien sûr le livre. Ce livre et d'autres livres encore. Meriem me le montra encore une fois et m'expliqua patiemment, cette fois et toutes les autres fois où nous nous sommes vus, le contexte de son écriture, son succès, les livres qui s'en sont inspirés, les gloses infinies autour de chaque chapitre, le sens du nom du meurtrier. C'était vertigineux.

Mais ce jour-là, ce deuxième jour, je regardais surtout ses doigts sur les pages du livre, ses ongles rouges glissant sur le papier et je m'interdisais de penser à ce qu'elle dirait si je m'emparais de ses mains. Mais j'ai fini par le faire. Et cela l'a fait rire. Elle savait qu'à ce moment-là, Moussa m'importait peu. Pour une fois. Nous nous sommes quittés en début d'après-midi et elle m'a promis de revenir. Elle m'a quand même demandé comment elle pourrait prouver, dans son travail de recherche, que M'ma et moi étions vraiment la famille de l'Arabe. Je lui ai expliqué que c'était un vieux problème chez nous, qu'on avait à peine un nom de famille… Cela la fit rire de nouveau – et me fit mal. Puis j'ai pris le chemin du bureau. Je n'avais même pas songé à ce que l'on pourrait penser de mon absence ! Je m'en foutais, l'ami.

Et bien sûr, le soir même, j'ai entamé ce livre maudit. J'avançais lentement dans ma lecture, mais j'étais comme envoûté. Je me suis senti tout à la fois insulté et révélé à moi-même. Une nuit entière à lire comme si je lisais le livre de Dieu lui-même, le cœur battant, prêt à suffoquer. Ce fut une véritable commotion. Il y avait tout sauf l'essentiel : le nom de Moussa ! Nulle part. J'ai compté et recompté, le mot “ Arabe ” revenait vingt-cinq fois et aucun prénom, d’aucun d’entre nous. Rien de rien, l’ami. Que du sel et des éblouissements et des réflexions sur la condition de l’homme chargé d’une mission divine. Le livre d’Albert Meursault ne m’apprit rien de plus sur Moussa sinon qu’il n’avait pas eu de nom, même au dernier instant de sa vie. En revanche, il me donna à voir l’âme du meurtrier comme si j’étais son ange. J’y ai retrouvé d’étranges souvenirs déformés, comme la description de la plage, l’heure fabuleusement éclairée du meurtre, le vieux cabanon jamais retrouvé, les jours du procès et les heures de cellule tandis que ma mère et moi errions dans les rues d’Alger à la recherche du cadavre de Moussa. Cet homme, ton écrivain, semblait m’avoir volé mon jumeau, Zoudj, mon portrait, et même les détails de ma vie et les souvenirs de mon interrogatoire ! J’ai lu presque toute la nuit, mot à mot, laborieusement. C’était une plaisanterie parfaite. J’y cherchais des traces de mon frère, j’y retrouvais mon reflet, me découvrant presque sosie du meurtrier. J’arrivai enfin à la dernière phrase du livre : « […] il me restait à souhaiter qu’il y ait beaucoup de spectateurs le jour de mon exécution et qu’ils m’accueillent avec des cris de haine ». Dieu, comme je l’aurais voulu ! Il y avait eu beaucoup de spectateurs, certes, mais pour son crime, pas pour son procès. Et quels spectateurs ! Inconditionnels, idolâtres ! Il n’y avait jamais eu de cris de haine parmi cette foule d’admirateurs. Ces dernières lignes m’avaient bouleversé. Un chef-d’œuvre, l’ami. Un miroir tendu à mon âme et à ce que j’allais devenir dans ce pays, entre Allah et l’ennui.

Je n'ai pas dormi cette nuit-là, tu t'en doutes, et j'ai scruté le ciel à côté du citronnier.

Je n'ai pas montré le livre à M'ma. Elle m'aurait obligé à le lui lire et relire, sans fin, jusqu'au jour du Jugement dernier, je te le jure. Au lever du soleil, j'ai déchiré la couverture et je l'ai caché dans un recoin du hangar. Je n'ai pas parlé à M'ma de mon rendez-vous de la veille avec Meriem bien sûr, mais elle décela, à mon regard, la présence d'une autre femme dans mon sang. Meriem ne revint jamais chez nous. Je l'ai vue assez régulièrement pendant les semaines qui ont suivi, cela dura tout l'été en fait – nous avions convenu que je viendrais chaque jour à la gare guetter le bus en provenance d'Alger. Si elle avait pu se libérer, nous passions quelques heures ensemble, à marcher, à flâner, nous allongeant parfois sous un arbre, jamais très longtemps. Si elle ne venait pas, je tournais les talons et rejoignais mon travail. Je me mis à espérer que le livre ne s'épuise jamais, qu'il devienne infini, pour qu'elle continue d'appuyer son épaule sur mon buste en émoi. Je lui ai presque tout raconté : mon enfance, le jour de la mort de Moussa, notre enquête d'analphabètes idiots, la tombe vide au cimetière d'El-Kettar et les strictes règles de notre deuil familial. Le seul secret que j'ai hésité à partager a été celui du meurtre de Joseph. Elle m'apprit à lire le livre d'une certaine manière, en le faisant pencher de côté comme pour en faire tomber les détails invisibles. Elle m'offrit les autres livres écrits par Albert Meursault, son histoire de peste frappant une ville entière, et d'autres livres encore, qui m'ont progressivement permis de comprendre comment ton héros voyait le monde. Meriem m'expliqua lentement les croyances de cet homme et ses fabuleuses images solitaires. Je compris que c'était une sorte d'orphelin qui avait reconnu dans le monde une sorte de jumeau sans père et qui, du coup, avait acquis le don de la fraternité, à cause, précisément, de sa solitude. Je ne saisissais pas tout, parfois Meriem me semblait parler d'une autre planète, elle avait une voix que j'aimais écouter. Et je l'ai aimée, profondément. L'amour. Quelle sensation étrange, non ? Ça ressemble à de l'ébriété. On éprouve la perte de l'équilibre et des sens, mais qui s'accompagne d'une acuité étrangement précise et inutile.

Dès le début, parce que j'étais maudit, j'ai su que notre histoire finirait, que je ne pourrais jamais espérer la garder dans ma vie, mais pour l'heure, je ne voulais qu'une seule chose : l'entendre respirer tout à côté de moi. Meriem avait deviné mon état et s'en était amusé un peu avant de réaliser la profondeur de mon abîme. Est-ce que c'est cela qui lui a fait peur ? Je crois. Ou alors, elle a fini par être gagnée par la lassitude, je ne l'amusais plus, elle avait épuisé la piste un peu neuve et exotique que je représentais, mon « cas » ne la distrayait plus. Je suis amer, j'ai tort. Elle ne me refusa pas, je te le jure. Au contraire, je crois même qu'elle a éprouvé pour moi une sorte d'amour. Mais elle s'est contentée d'aimer mon chagrin, pour ainsi dire, et de donner à ma douleur la noblesse d'un objet précieux, puis elle s'en est allée alors que, pour moi, un royaume commençait à s'ordonner. Depuis, je trahis méthodiquement les femmes et réserve le meilleur de moi-même aux séparations. C'est la première loi inscrite sur ma tablette de vie. Tu veux noter ma définition de l'amour ? Elle est grandiloquente mais sincère, je l'ai fabriquée tout seul. L'amour, c'est embrasser quelqu'un, partager sa salive et remonter jusqu'au souvenir obscur de sa propre naissance. J'ai donc pratiqué le veuvage qui rend séduisant et attire la tendresse de celles qui ne se méfient pas. J'ai été approché par des femmes malheureuses et d'autres trop jeunes pour comprendre.

Après que Meriem m'a laissé, j'ai lu et relu le livre. Tant et tant de fois. Pour y retrouver les traces de cette femme, sa façon de lire, ses intonations studieuses. Étrange non ? Partir en quête de la vie dans la preuve étincelante d'une mort ! Mais je m'égare à nouveau, ces digressions doivent t'agacer. Et pourtant…

Un jour, nous nous sommes retrouvés sous un arbre, à la lisière du village. M'ma faisait semblant de tout ignorer mais elle savait que je voyais cette fille venue de la ville remuer nos cimetières. Nos rapports avaient changé et j'éprouvais la sourde tentation d'une violence définitive pour me libérer de cette mère monstrueuse. J'ai effleuré les seins de Meriem, par accident presque. J'étais somnolent dans l'ombre brûlante de l'arbre et elle avait posé sa tête sur mes cuisses. Elle s'est un peu cabrée pour me regarder. Elle avait les cheveux dans les yeux et elle a gloussé d'un rire plein des lumières d'une autre vie. Je me suis penché sur son visage. Il faisait bon et, comme en plaisantant, j'ai embrassé ses lèvres entrouvertes sur son sourire qui s'éteignait. Elle n'a rien dit et je suis resté ainsi, penché. J'avais tout le ciel dans les yeux quand je me suis relevé et il était bleu et doré. Sur ma cuisse, je sentais le poids de la tête de Meriem. Nous sommes restés longtemps ainsi, engourdis. Quand la chaleur est devenue trop forte, elle s'est relevée et je l'ai suivie. Je l'ai rattrapée, j'ai passé ma main autour de sa taille et nous avons marché ensemble comme un seul corps. Elle souriait toujours avec des yeux fermés sur mon image. Nous sommes arrivés à la gare, ainsi enlacés. On le pouvait à cette époque. Pas comme aujourd'hui. Pendant que nous nous regardions avec une curiosité nouvelle, inaugurée par le désir des corps, elle m'a dit : « Je suis plus brune que toi. » Je lui ai demandé si elle pouvait revenir, un soir. Elle a encore ri et a secoué la tête pour dire non. J'ai osé : « Veux-tu te marier avec moi ? » Elle a eu un hoquet de surprise – ça m'a poignardé le cœur. Elle ne s'y attendait pas. Elle avait préféré, je crois, vivre cette relation comme un amusement naturel et pas comme le prélude à un engagement plus sérieux. « Elle a voulu savoir alors si je l'aimais ». J'ai répondu que je ne savais pas ce que cela voulait dire quand j'employais des mots, mais que quand je me taisais, cela devenait évident dans ma tête. Tu souris ? Hum, cela veut dire que tu as compris… Oui, c'est un bobard. De bout en bout. La scène est trop parfaite, j'ai tout inventé. Je n'ai, bien sûr, jamais osé rien dire à Meriem. L'extravagance de sa beauté, son naturel et la promesse qu'elle était pour une vie meilleure que la mienne m'ont toujours rendu muet. Elle appartient à un genre de femmes qui, aujourd'hui, a disparu dans ce pays : libre, conquérante, insoumise et vivant son corps comme un don, non comme un péché ou une honte. La seule fois où je l'ai vue se couvrir d'une ombre glacée, c'est lorsqu'elle m'a raconté son père, dominateur, polygame, dont le regard concupiscent soulevait en elle le doute et la panique. Les livres l'ont délivrée de sa famille et lui ont offert le prétexte pour s'éloigner de Constantine ; elle a, dès qu'elle l'a pu, rejoint l'université d'Alger.

Meriem est partie vers la fin de l'été, notre histoire n'avait duré que quelques semaines, et le jour où j'ai compris qu'elle était partie pour toujours, j'ai cassé toute la vaisselle de la maison, en insultant M'ma et Moussa, et toutes les victimes du monde. Dans le flou de la colère, je me souviens de M'ma assise, calme, me regardant me vider de ma passion, sereine, presque amusée par sa victoire à elle sur toutes les femmes du monde. La suite ne fut qu'un long déchirement. Meriem m'envoyait des lettres que je recevais au bureau. Je lui répondais avec rage et colère. Elle m'expliquait ses études, sa thèse qui avançait, ses déboires d'étudiante rebelle puis tout se dilua doucement. Les missives devinrent plus courtes, moins fréquentes. Et un jour, il n'y eut tout simplement plus de lettre. Mais j'ai quand même continué à attendre le car d'Alger à la gare, juste pour me faire mal, pendant des mois et des mois.

*

Écoute, je crois que c'est notre dernier rendez-vous à toi et moi, insiste pour le faire venir à notre table. Il viendra cette fois…

Bonjour, monsieur. Vous avez l'air d'avoir des origines latines, rien de surprenant à cela, dans cette ville qui s'est donnée à tous les marins du monde depuis la nuit des temps. Vous enseignez ? Non. Eh ! Moussa, une autre bouteille et des olives s'il te plaît ! Comment ? Ce monsieur est sourd et muet ? Notre invité ne parle aucune langue ?! C'est vrai ? Il lit sur les lèvres… Vous savez lire au moins ! Mon jeune ami a un livre où personne n'écoute personne. Cela devrait vous plaire. Ça devrait être plus intéressant que vos coupures de journaux en tout cas.

Ça s'appelle comment, une histoire qui regroupe autour d'une table un serveur kabyle à carrure de géant, un sourd-muet apparemment tuberculeux, un jeune universitaire à l'œil sceptique et un vieux buveur de vin qui n'a aucune preuve de ce qu'il avance ?

CHAPITRE XV

Pardonne au vieillard que je suis devenu. C'est d'ailleurs un grand mystère. Aujourd'hui, je suis si vieux que je me dis souvent, les nuits où les étoiles sont nombreuses à scintiller dans le ciel, qu'il y a nécessairement quelque chose à découvrir quand on vit aussi longtemps. Autant d'efforts à vivre ! Il faut qu'au bout, nécessairement, il y ait une sorte de révélation essentielle. Cela me choque, cette disproportion entre mon insignifiance et la vastitude du monde. Je me dis souvent qu'il doit y avoir quelque chose, quand même, au milieu, entre ma banalité et l'univers !

Mais souvent aussi je retombe, je me mets à errer sur la plage, pistolet au poing, en quête du premier Arabe qui me ressemble pour le tuer. Que faire d'autre, dis-moi, avec mon histoire, sinon la rejouer à l'infini ? M'ma est encore vivante, mais elle est muette. On ne se parle plus depuis des années et je me contente de boire son café. Le reste du pays ne me concerne pas à l'exception du citronnier, de la plage, du cabanon, du soleil et de l'écho du coup de feu. J'ai donc vécu longtemps ainsi, comme une sorte de somnambule entre les bureaux où j'ai travaillé et mes différents domiciles. Des ébauches d'histoires avec quelques femmes et beaucoup d'épuisement. Non, il ne se passa rien après le départ de

Meriem. J'ai vécu dans le pays comme les autres, mais avec plus de discrétion et d'indifférence. J'ai vu se consumer l'enthousiasme de l'Indépendance, s'échouer les illusions, puis j'ai commencé à vieillir et maintenant je suis là, assis dans un bar, à te raconter cette histoire que personne n'a jamais cherché à écouter, à part Meriem et toi, avec un sourd-muet pour témoin.

J'ai vécu comme une sorte de fantôme observant les vivants s'agiter dans un bocal. J'ai connu les vertiges de l'homme qui possède un secret bouleversant et je me suis promené ainsi, avec une sorte de monologue sans fin dans ma tête. Il y a bien eu des moments où j'ai eu une envie terrible de hurler au monde que j'étais le frère de Moussa et que nous étions, M'ma et moi, les seuls véritables héros de cette histoire devenue célèbre, mais qui nous aurait crus ? Qui ? Quelles preuves pouvions-nous avancer ? Deux initiales et un roman sans prénom ? Le pire, c'est quand les meutes de chiens de lune ont commencé à se battre et se déchirer pour savoir si ton héros avait ma nationalité ou celle de ses voisins d'immeuble. La belle blague ! Dans le tas, personne ne s'est demandé quelle était la nationalité de Moussa. On le désignait comme l'Arabe, même chez les Arabes. C'est une nationalité, « Arabe », dis-moi ? Il est où, ce pays que tous proclament comme leur « ventre », leurs « entrailles », mais qui ne se trouve nulle part ?

J'ai été quelques fois à Alger. Personne ne parle de nous, de mon frère, de M'ma, de moi. Personne ! Cette capitale grotesque qui expose ses viscères à l'air libre m'a semblé la pire insulte faite à ce crime impuni. Des millions de Meursault, entassés les uns sur les autres, enfermés entre une plage sale et une montagne, hébétés par le meurtre et le sommeil, se heurtant les uns aux autres, faute d'espace. Dieu que je déteste cette ville, son monstrueux bruit de mastication, ses odeurs de légumes pourris et d'huile rance ! Ce n'est pas une baie qu'elle a, mais une mâchoire. Ce n'est certainement pas elle qui me rendra le cadavre de mon frère, tu penses bien ! Il suffit de voir cette ville de dos pour comprendre que le crime était parfait. Je les vois donc partout, tes Meursault, même dans mon immeuble, ici, à Oran. Il y a, en face de mon balcon, juste derrière le dernier immeuble de la cité, une imposante mosquée inachevée, comme il en existe des milliers d'autres dans ce pays. Je la regarde souvent depuis ma fenêtre et j'en déteste l'architecture, son gros doigt pointé vers le ciel, son béton encore béant. J'en déteste aussi l'imam qui regarde ses ouailles comme s'il était l'intendant d'un royaume. Un minaret hideux qui provoque l'envie de blasphème absolu en moi. Une sorte de : « Je ne me prosternerai pas au pied de ton tas d'argile », répété dans le sillage d'Iblis lui-même… Je suis parfois tenté d'y grimper, là où s'accrochent les haut-parleurs, de m'y enfermer à double tour, et d'y vociférer ma plus grande collection d'invectives et de sacrilèges. En listant tous les détails de mon impiété. Crier que je ne prie pas, que je ne fais pas mes ablutions, que je ne jeûne pas, que je n'irai jamais en pèlerinage et que je bois du vin – et tant qu'à faire, l'air qui le rend meilleur. Hurler que je suis libre et que Dieu est une question, pas une réponse, et que je veux le rencontrer seul comme à ma naissance ou à ma mort.

Ton héros a été visité par un prêtre dans sa cellule de condamné à mort ; moi, c'est toute une meute de bigots qui est à mes trousses, qui essaie de me convaincre que les pierres de ce pays ne suent pas que la douleur et que Dieu veille. Je leur crierais qu'il y a des années que je regarde ces murailles inachevées. Qu'il n'y a rien ni personne que je connaisse mieux au monde. Peut-être, il y a bien longtemps, ai-je pu entrevoir quelque chose de l'ordre du divin. Ce visage avait la couleur du soleil et la flamme du désir. C'était celui de Meriem. J'ai cherché à le retrouver. En vain. Maintenant c'est fini. Tu imagines la scène ? Moi, beuglant dans le micro, pendant qu'ils essaient de fracasser la porte du minaret pour me faire taire. Ils tenteraient de me faire entendre raison, me diraient, affolés, qu'il y a une autre vie après la mort. Et alors, je leur répondrais : « Une vie où je pourrai me souvenir de celle-ci ! » Et là, je mourrais, lapidé peut-être, mais le micro à la main, moi Haroun, frère de Moussa, fils du père disparu. Ah le beau geste de martyr ! Crier sa vérité nue. Tu vis ailleurs, tu ne peux pas comprendre ce qu'endure un vieillard qui ne croit pas en Dieu, qui ne va pas à la mosquée, qui n'attend pas le paradis, qui n'a ni femme ni fils et qui promène sa liberté comme une provocation.

Un jour, l'imam a essayé de me parler de Dieu en me disant que j'étais vieux et que je devais au moins prier comme les autres, mais je me suis avancé vers lui et j'ai tenté de lui expliquer qu'il me restait si peu de temps que je ne voulais pas le perdre avec Dieu. Il a essayé de changer de sujet en me demandant pourquoi je l'appelais « Monsieur » et non pas

« El-Cheikh ». Cela m'a énervé je lui ai répondu qu'il n'était pas mon guide, qu'il était avec les autres. « Non, mon frère, a-t-il dit en mettant la main sur mon épaule, je suis avec toi. Mais tu ne peux pas le savoir parce que tu as un cœur aveugle. Je prierai pour toi. » Alors, je ne sais pas pourquoi, quelque chose a crevé en moi. Je me suis mis à crier à plein gosier et je l'ai insulté et je lui ai dit qu'il n'était pas question qu'il prie pour moi. Je l'ai pris par le col de sa gandoura. J'ai déversé sur lui tout le fond de mon cœur, joie et colère mêlées. Il avait l'air si sûr de lui, n'est-ce pas ? Pourtant, aucune de ses certitudes ne valait un cheveu de la femme que j'ai aimée. Il n'était même pas sûr d'être en vie puisqu'il vivait comme un mort. Moi, j'avais l'air d'avoir les mains vides, mais j'étais sûr de moi, sûr de tout, sûr de ma vie et de cette mort qui allait venir. Oui, je n'avais que cela. Mais au moins, je tenais cette vérité autant qu'elle me tenait. J'avais eu raison, j'avais encore raison, j'aurai toujours raison. C'était comme si j'avais toujours attendu cette minute et cette petite aube où je serais justifié. Rien, rien n'avait d'importance et je savais bien pourquoi. Lui aussi savait pourquoi. Du fond de mon avenir, pendant toute cette vie absurde que j'avais menée, un souffle obscur remontait vers moi. Que m'importaient la mort des autres, l'amour d'une mère, que m'importaient son Dieu, les vies qu'on choisit, les destins qu'on élit, puisqu'un seul destin devait m'élire, moi, et avec moi, des milliards de privilégiés qui, comme lui, se disaient mes frères. Comprenait-il, comprenait-il donc ? Tout le monde était privilégié. Il n'y avait que des privilégiés. Les autres aussi, on les condamnerait un jour. Lui aussi, on le condamnerait, si le

monde était vivant. Qu'importait si, accusé de meurtre, il était exécuté pour n'avoir pas pleuré à l'enterrement de sa mère, ou que je sois accusé d'avoir tué le 5 juillet 1962 et pas un jour avant ? Le chien de Salamano valait autant que sa femme. La petite femme automate était aussi coupable que la Parisienne que Masson avait épousée ou que Marie qui avait envie que je l'épouse. Qu'importait que Meriem donnât aujourd'hui sa bouche à un autre que moi ? Comprenait-il donc, ce condamné, que du fond de mon avenir… J'étouffais en criant tout ceci. Mais, déjà, on m'arrachait l'imam des mains et mille bras m'avaient enserré pour me neutraliser. L'imam, cependant, les a calmés et m'a regardé un moment en silence. Il avait les yeux pleins de larmes. Il s'est détourné et il a disparu.

Si je crois en Dieu ? Tu me fais rire, là ! Après toutes ces heures passées ensemble… Je ne sais pas pourquoi à chaque fois que quelqu'un pose une question sur l'existence de Dieu, il se tourne vers l'homme pour attendre la réponse. Posez-lui la question à lui, directement ! Parfois j'ai vraiment l'impression de me trouver dans ce minaret et de les entendre, là, à vouloir casser la porte que j'ai bien fermée, hurlant à mort pour ma mort. Ils sont là, juste derrière, bavant de rage. Tu entends cette porte craquer ? Dis, tu l'entends ? Moi, si. Elle va céder. Et moi ? Et moi, ce que je hurle ? C'est une seule phrase que personne ne comprend : « Il n'y a personne ici ! Il n'y a jamais eu personne ! La mosquée est vide, le minaret est vide. C'est le vide ! » C'est sûr, il y aura « beaucoup de spectateurs le jour de mon exécution et ils m'accueilleront avec des cris de haine ». Ton héros avait peut-être raison dès le début : il n'y a jamais eu aucun survivant dans cette histoire. Tout le monde est mort d'un seul coup, en une seule fois.

Aujourd'hui, M'ma est encore vivante, mais à quoi bon ! Elle ne dit presque rien. Et moi je parle trop, je crois. C'est le grand défaut des meurtriers que personne n'a encore punis, ton écrivain en savait quelque chose… Ah ! Juste une dernière blague de mon cru. Tu sais comment on prononce Meursault en arabe ? Non ? *El-Merssoul.* « L'envoyé » ou « le messager ». Pas mal, non ? Bon, bon, cette fois il faut vraiment que je m'arrête. Le bar va fermer et tous attendent que nous vidions nos verres. Dire que le seul témoin de notre rencontre est un sourd-muet que j'ai pris pour un enseignant et qui n'a d'autres plaisirs que de découper les journaux et de fumer des cigarettes ! Mon Dieu, comme vous aimez vous moquer de vos créatures…

Mon histoire te convient-elle ? C'est tout ce que je peux t'offrir. C'est ma parole, à prendre ou à laisser. Je suis le frère de Moussa ou le frère de personne. Juste un mythomane que tu as rencontré pour remplir tes cahiers… C'est ton choix, l'ami. C'est comme la biographie de Dieu. Ha, ha ! Personne ne l'a jamais rencontré, pas même Moussa, et personne ne sait si son histoire est vraie ou pas. L'Arabe est l'Arabe, Dieu est Dieu. Pas de nom, pas d'initiales. Bleu de chauffe et bleu du ciel. Deux inconnus avec deux histoires sur une plage sans fin. Laquelle est la plus vraie ? Une question intime. À toi de trancher. El-Merssoul ! Ha, ha.

Je voudrais, moi aussi, qu'ils soient nombreux, mes spectateurs, et que leur haine soit sauvage.

Achevé d'imprimer en 2013
sur les presses de l'Imprimerie Mauguin
Blida (Algérie)